KB112411

수달

OMOIDE TRUMP by Kuniko Mukouda

국립중앙도서관 출판시도서목록(CIP)

수달 : 무코다 구니코 소설 / 무코다 구니코 지음 ; 김윤수 옮김. – 서울 : 마음산책, 2007 p. ; cm
ISBN 978-89-6090-014-1 03830 : ₩9000 833.6-KDC4 895.636-DDC21　　　　　CIP2007001790

수달

✿

무코다 구니코

마음산책

수달

1판 1쇄 인쇄 2007년 6월 15일
1판 1쇄 발행 2007년 6월 20일

지은이 | 무코다 구니코
옮긴이 | 김윤수
펴낸이 | 정은숙
펴낸곳 | 마음산책

본문·표지 디자인 | 이지윤

편집 | 고은희·최동일·박지영·김보희   디자인 | 김정현
영업 | 권혁준   관리 | 이은숙

등록 | 2000년 7월 28일(제13-653호)
주소 | 서울시 마포구 서교동 395-114 (우 121-840)
전화 | 대표 | 362-1452   편집 | 362-1451   팩스 | 362-1455
홈페이지 | http://www.maumsan.com
전자우편 | maum@maumsan.com

종이 | 화인페이퍼
인쇄·제본 | 한영문화사

ISBN 978-89-6090-014-1 03830

* 책값은 뒤표지에 있습니다.

다쿠지는 힘겹게 일어섰다.

벽에 의지하여 부엌으로 갔는데, 정신을 차리니 칼을 쥐고 있었다.

찌르고 싶은 것은 자신의 가슴일까, 아쓰코의 여름 밀감 같은 가슴일까.

다쿠지도 알 수 없었다.

차 례

수달은 장난을 잘 친다. 먹기 위해서가 아니라 단지 먹이를 잡는 재미로 많은 물고기를 죽이기도 한다. 수달에게는 잡은 물고기를 늘어놓고 즐거워하는 습성이 있기 때문에 여러 가지 물건을 늘어놓은 것을 '달제도'라고 한다. 화재나 장례식, 남편의 병도 아쓰코에게는 신명 나는 축제였다.

* 일러두기

이 책은 일본 新潮文庫의 『思い出トランプ』(2004)를 우리말로 옮긴 것이다.

수달

손에서 담배가 떨어진 것은 월요일 저녁이었다.

다쿠지宅次는 담배를 피우며 마루에 앉아서 마당을 바라보고 있었고, 아내 아쓰코厚子는 방에서 빨래를 개면서 언제나 똑같은 이야기를 반복하고 있었다.

두 사람은 200여 평의 마당에 아파트를 짓느냐, 마느냐로 의견이 엇갈렸다. 아쓰코는 부동산에서 권하는 대로 짓자고 했고, 다쿠지는 정년퇴직한 뒤에 해도 된다고 했다. 정년까지는 앞으로 3년이 남아 있었다.

돌아가신 아버지가 마당 가꾸는 일을 좋아하셨던 덕에 집은 별 볼일 없어도 마당만큼은 그럴듯하니 한 폭의 그림 같았다. 일이 끝나면 곧장 퇴근해서 마루에 앉아 담배 한 개비를 태우며 마당을 바라보는 것이 다쿠지의 일과였다.

달력이 넘어가듯 계절 따라 모습을 바꾸는 나무와 풀들, 고요하게 서 있는 작은 오륜석탑이 엷은 먹빛에 녹아들며 어둠 속에 사라지는 광경을 보고 있으면, 한 시간 반이 걸리는 출퇴근 시간도 전혀 힘들지 않았다. 출세와는 거리가 먼 문서 과장이라는 자리도 아무렇지 않았다. 자신이 있어야 할 자리는 바로 이 마루라는 생각이 들었다.

아쓰코도 남편의 마음을 아는지 다른 때는 두세 마디 하고 입을 다물었는데, 그날만큼은 웬일인지 금방 물러나지 않았다. 다쿠지도 평상시와 다르게 짜증 난 목소리로 받아쳤다.

"아파트를 지으면 직장을 그만두겠소."

바로 그때 손가락 사이에 끼우고 있던 담배가 떨어졌다.

바람인가. 의아한 생각이 들었다.

갑자기 바람에 흔들렸다는 느낌이었다.

"바람이 부나."

다쿠지가 중얼거렸다.

"무슨 바람이 분다고 그래요. 바람이 불면 빨래가 말랐겠죠."

아쓰코는 마루로 나와서 자신의 집게손가락을 날름 핥더니 초를 세우듯이 세워보였다.

"바람 같은 건 안 불어요."

다쿠지보다 아홉 살 어린 아쓰코는 아이가 없는 탓도 있겠지만, 나이에 어울리지 않게 종종 어린아이 같은 짓을 한다. 수박씨처럼 까맣게 반짝거리는 작은 눈이 자신의 취향을 재미있어 하며 이리저리 움직이는 모습을 보자, 다쿠지는 담배가 떨어졌다고 말하기가 내키지 않아졌다.

중년. 손발의 저림. 그런 약 광고가 있었던 것 같다고 생각하며, 디딤돌 위에서 가느다란 연기를 피워 올리고 있는 담배를 집어들었다. 장갑을 낀 채 물건을 잡는 것처럼 둔한 느낌이 조금 마음에 걸렸다.

나중에서야 이것이 첫 전조 증상이라는 사실을 알았다.

수일쯤 지나서 일을 하는데, 갑자기 눈앞에 있는 차장의 이름이 생각나지 않았다. 그리고 같은 날인지 다음 날인지, 모임에서 한 잔 하고 택시를 탔는데, 차에서 내리자마자 마치 실이 끊긴 꼭두각시 인형처럼 흐느적거리면서 땅에 털썩 주저앉아버렸다. 운전사의 도움으로 곧 괜찮아졌지만 역시 전조 증상이었다.

손에서 담배를 떨어뜨린 지 일주일 지났을 때였다. 일어나서 조간신문을 가지고 거실로 돌아온 순간, 미닫이문을 붙잡으면서 다쿠지는 그대로 의식을 잃었다.

뇌졸중의 발작이었다.

머릿속에서 벌레 우는 소리가 들린다.

쓰러진 지 거의 한 달이 되어가는데, 벌레는 다쿠지의 뒷목 언저리에서 윙윙하고 뭔가 생각난 듯이 울어댄다.

의식을 잃은 시간은 불과 한 시간 정도였는데도 우반신에 가벼운 마비가 남았다. 지팡이에 의지하면 그런대로 걸을 수는 있지만, 오른손으로 젓가락질을 하는 데는 여전히 서툴렀다.

아쓰코가 콧노래를 흥얼거린다.

다쿠지가 쓰러지고 난 뒤, 아쓰코는 콧노래를 자주 불렀다. 큰 병 아니에요, 금방 좋아질 거예요, 저는 절대 비관하지 않아요. 말로 하는 대신에 콧노래를 부르는 것 같았다.

본래 바지런한 성격이기도 했지만 다쿠지가 회사를 휴직하고 누워서 지내게 되자 아쓰코는 이전보다 더 부지런히 몸을 놀렸다. 앉아 있을 때는 콩깍지를 깐다거나 레이스 뜨개를 하는 등 쉬지 않고 손을 움직였다. 아무 일도 하지 않고 가만히 있을 때도 눈동자는 항상 이리저리 바삐 움직였다.

현관에서 인기척이 났다. 자동차 세일즈맨인 것 같았다. 지금 남편이 쓰러져서 자동차를 살 여유가 없어요. 아쓰코의 말을 예상하며 귀를 기울였다.

"미안하지만, 남편이 자동차 쪽 일을 하거든요."

노래하는 것 같은 아쓰코의 목소리가 들렸다.

그렇다. 바로 이것이 아쓰코의 방식이다.

화장품 외판원이 오면 남편이 화장품 회사에 다닌다고 둘러댔고, 백과사전을 팔러 오면 출판 관련 종사자라고 둘러댔다. 신혼 무렵 담요를 팔러 온 사람이 있었다.

"우리 남편이 섬유 쪽 일을 해서요."

노래하는 것 같은 말투로 쫓아내고는 안에 있던 다쿠지를 돌아보며 눈웃음을 쳤다. 재미있는 여자랑 결혼했군, 평생 지루하지는 않겠어. 다쿠지의 예상은 들어맞았다.

아쓰코는 악의 없는 거짓말을 할 때는 노래하는 목소리가 되었다. 스스로 그것을 재미있어하는 만큼 재치도 있고 정도 많았다. 다쿠지에게는 과분한 아내다. 아내의 거짓말도 결국은 다쿠지와 가정을 위한 지혜였다.

얼굴 폭만큼 미닫이문이 열리더니 아쓰코의 얼굴이 보였다.

20년 전과 똑같은 웃음이다. 손으로 잡아 쥔 것처럼 작은 코는 웃으면 하늘을 향했다. 본래 벌어진 두 눈은 더더욱 멀어져서 익살스럽게 보였다. 뭔가를 닮은 것 같은데 생각이 나지 않았다. 몸이 안 좋아서 그런지 뇌의 절반은 두꺼운 반투명 비닐을 씌운 것처럼 답답해졌다.

이럴 때 머릿속 벌레가 윙윙 울어댄다.

아쓰코는 빨간 크림소다를 마시고 있다. 아직도 어린아이인 양 부글부글하고 빨대를 불기 때문에 아이스크림이 섞인 빨간 소다수는 하얀 거품을 냈다.

아쓰코가 물고 있는 빨대가 갈라져 있었나 보다. 갈라진 틈으로 빨간 소다수가 새어나왔다.

"그만. 빨지 마!"

이번에 혈관이 터지면 나는 끝장이오.

소리를 지르려고 했지만 목소리가 나오지 않았다. 그 순간 누가 흔들었고 눈이 떠졌다.

꿈이냐, 생시냐. 구분이 가지 않는다. 신혼 시절에 백화점 식당에서 소다수를 마신 적이 있고, 아쓰코의 빨대가 갈라져서 갑자기 소다수가 새어나온 적이 있었던 것 같다. 그런데 빨간색이었을까, 파란색이었을까.

아쓰코는 언제 갈아입었는지 외출용 기모노를 입고 바로 옆에 앉아 있었다.

"전에 얘기했던 그거 때문예요. 잠깐 외출하고 올게요."

'그거'라고 해도 무슨 이야기인지 금방 생각나지 않았다.

고등학교 은사님이 훈장을 받아서 동창회에서 축하해드리기로 했는데, 간사들끼리 미리 백화점에 가서 선물을 고르기로 했다고 한다. 그런데 처음 듣는 이야기 같았다.

"간식은 멜론인데, 갔다 와서 드셔도 되죠?"

아쓰코는 옷을 입으면 실제보다 날씬해 보이는 스타일이지만, 굵은 다리를 신경 써서 중요한 외출에는 항상 기모노를 입는다. 그런데 만나는 상대에 따라서 기모노 깃에 두 단계가 있다는 사실을 다쿠지는 전부터 눈치 채고 있었다.

다쿠지나 여자 친척들과 외출할 때는 그다지 가슴 부분에 신경 쓰지 않는데, 상대에게 잘 보이고 싶을 때는 가슴을 한층 치켜 올려서 입는다.

가느다란 여름 밀감나무에 간혹 좀 크다 싶을 정도로 무거워 보이는 밀감이 열려 있는 경우가 있다. 결혼했을 당시 아쓰코의 느낌이다. 역시 마흔을 넘으니까 여름 밀감도 조금 작아진 것 같다. 하지만 아주 중요하다 싶을 때에는 아쓰코는 위로 들어 올려서 예전의 여름 밀감으로 만들었다.

여자를 만나는 것 같지는 않았다. 하지만 이 병의 특징은 삐딱하게 생각하게 된다는 점이라고 쓰여 있었다. 마음을 차분하게 가라앉혀야 한다. 주치의인 다케자와竹澤 선생님은 화를 내지 않는 것이 최고의 약이라고 했다.

하얀 버선을 새로 꺼내 신은 아쓰코가 통통 튀듯이 마루를 걸어가는 모습을 보고, 다쿠지는 자신도 모르게 '여보' 하며 불러 세웠다.

"왜 그러시오."

일부러 시대극 같은 말투로 약간 익살스럽게 돌아본 아쓰코를 보고, 다쿠지는 '앗' 하고 소리를 지를 뻔했다.

뭔가와 닮았다고 생각했는데, 바로 수달이었다.

백화점 옥상에서 수달을 본 것이 언제였을까.

점심시간에 아이들을 위한 작은 동물 코너에 무심코 들렀더니 두 마리의 수달이 장난을 치고 있었다.

어느 쪽이 암컷이고 수컷인지는 구분할 수 없었지만, 두 마리 모두 잠시도 가만히 있지 않았다. 물 위에 떠 있는 나뭇잎을 물고기로 생각한 것인지, 유난히 과장된 모습으로 부딪혔다.

그런가 보다 싶으면, 어느새 멍한 표정으로 물 위를 떠다녔다. 표정은 멍하지만 좌우로 벌어진 작고 검은 눈은 쉴 새 없이 이리저리 주변을 살피고 있었다. 동전을 짤랑거리며 누군가 미꾸라지 먹이통에 다가가는 낌새가 보이면, 두 마리는 앞 다퉈 먹이통 아래로 가서 사람 손 같은 앞발을 내밀며 끼이끼이 하고 요란한 소리로 재촉했다.

뻔뻔하지만 밉지가 않았다. 약아 보여도 눈을 뗄 수 없는 애교가 있었다.

몸이 제멋대로 움직이고, 살아 움직인다는 사실이 재미있고 즐거워 견딜 수 없다는 점은 아쓰코와 같았다.

한 집 건너 옆집에서 불이 난 적이 있다.

"불이야, 불!"

다행히 크게 번지지는 않았지만, 잠옷 차림으로 빈 바가지를 두드리며 이웃들을 깨우러 다니던 아쓰코의 모습은 옆에서 보기에 말리고 싶을 정도로 즐거워 보였다.

다쿠지 아버지의 장례식 때도 마찬가지였다.

아쓰코는 새로 장만한 상복을 입고 눈물을 흘리면서도 신나게 떠들고 있었다. 그대로 두면 울면서 웃어버릴 것 같아 다쿠지가 나무라듯이 한마디 했다.

"오다쓰나おだつな(어말어미인 '~나な'는 '~하지 마라'는 금지를 나타낸다—옮긴이)."

'오다쓰'라는 말은 다쿠지의 고향인 센다이仙台 지역 말로 '들뜨다'라는 의미다.

오른손으로 호두 두 알을 돌리면서 다쿠지는 마당을 바라보았다. 오른손의 마비를 푸는 데 호두를 돌리면 좋다는 말을 듣고 아쓰코가 사온 것이다.

왼손으로 돌리면 두 알의 호두는 캐스터네츠처럼 선명한 소리를 내며 부딪치는데, 오른손으로 돌리면 둔탁한 병에 걸린 듯한 소리가 났다.

다쿠지는 작은 책상 앞에 앉아서 펜을 쥐어보았다. 다리가 저려서 서지 못할 때의 답답함과 새로 물을 받은 뜨거운 욕조에 들어갈 때 느껴지는 찌르는 듯한 통증이 묘하게 뒤섞여 자신의 손이 아닌 것 같았다. 언제쯤이면 글씨를 쓸 수 있을까. 다쿠지는 나중 일은 생각하지 않으려고 했다. 생각을 하면 머리 뒤에서 벌레가 윙윙 울기 시작했다.

혼자서 마당을 바라보는 것은 아무런 위안이 되지 않았다.

성공하지 못해서 생긴 직장생활의 울분은 가슴에 간직하고,

아쓰코가 뒤에서 이러쿵저러쿵 잔소리하는 것을 들으면서 바라보았기에 즐거운 것이었다.

학교의 쉬는 시간과 마찬가지다.

수업 시간 사이의 불과 5분 정도고 친구들이 있기에 공놀이도 즐거운 법이다. 하루 종일 놀아도 좋다는 허락을 받고 공을 가지고 있어도, 혼자라면 공은 단지 고무로 된 구체球體에 불과하다.

아쓰코가 부산스럽다는 생각이 들긴 하지만, 역시 이 집에는 수달이 한 마리 있는 편이 좋다.

전화벨 소리가 울렸다.

다다미 위를 기어가서 전화를 받았다. 왼손으로 수화기를 잡고 왼쪽 귀에 대는 동작에 겨우 익숙해졌다. 전에는 오른쪽 귀로 들었지만 지금은 오른쪽 귀에는 눈에 보이지 않는 벌레가 날아다니곤 한다.

수화기 속의 주인공은 이마사토今里였다.

대학시절 친구로 이제는 거의 40년 지기가 되었다. 다쿠지가 쓰러졌을 때, 아쓰코에게 가장 먼저 연락하게 한 사람도 이마사토였다.

"하고 싶은 말이 있으면 내가 대신 해주겠네."

본래 안부 인사를 챙기는 사이는 아니지만, 너무 뜬금없는 말이었다.

"자네, 정말 괜찮은가?"

이마사토는 잠시 말을 쉬었다.

"절대 그것만큼은 싫다고 하지 않았나. 그래서 정말 괜찮은가 싶어서 말일세. 하긴 이렇게 됐으니 할 수 없지만 말이야."

도대체 무슨 이야기냐고 다그쳤더니, 이번에는 이마사토가 당황했다.

"자네, 모르는 일인가?"

아쓰코가 다쿠지 문제를 의논하자고 해서 모이기로 했다고 한다. 참석자는 쓰보이坪井 차장, 마키노 부동산 담당자와 근처 은행의 지점장 대리, 주치의인 다케자와 선생님, 그리고 이마사토다.

아쓰코는 마당 자리에 아파트를 지어서 융자받은 은행에 관리를 맡기고, 젊은 행원들의 사택으로 사용하게 할 계획이라고 한다.

다쿠지의 머릿속에 점차 하나의 광경이 떠올랐다. 아쓰코가 다섯 명의 남자들에게 둘러싸여 있었다.

높이 치켜 올린 여름 밀감 같은 가슴을 내밀고 까맣게 빛나는 눈을 이리저리 굴리며 야무진 아내 역할을 씩씩하게 연기하고 있을 것이다.

아무리 그래도 다섯 명은 너무 많았다. 쓰보이 차장이 도대체 무슨 도움이 될까.

학창시절에 본 한 장의 그림이 문득 떠올랐다.

우메하라梅原였을까, 류세이劉生였을까. 하얗고 불투명한 비닐을 뒤집어쓴 두뇌로는 화가 이름이 생각나지 않았지만, 구도는 기억이 났다.

상당히 큰 유화였고, 화면 가득히 구식 우유병, 꽃, 밥공기, 밀크포트, 먹다 만 과일, 빵조각, 목이 졸려 축 늘어진 새가 탁자 위에 비좁게 널려 있었다.

제목은 '달제도獺祭圖'였다.

다쿠지는 처음 보는 한자였고 뜻도 몰랐다.

집에 돌아와서 사전을 찾아보고서야 알았는데, 바로 '수달의 축제'라는 뜻이었다.

수달은 장난을 잘 친다. 먹기 위해서가 아니라 단지 먹이를 잡는 재미로 많은 물고기를 죽이기도 한다.

수달에게는 잡은 물고기를 늘어놓고 즐거워하는 습성이 있기 때문에 여러 가지 물건을 늘어놓은 것을 '달제도'라고 한다.

화재나 장례식, 남편의 병도 아쓰코에게는 신명 나는 축제였다.

다쿠지는 우유병 뒤에서 죽어 있던 새가 차츰 선명하게 보였다. 새는 눈을 뜨고 죽어 있었지만, 그 아이는 눈을 감고 있었다.

호시에星江는 세 살 때 죽은 다쿠지의 외동딸이다.

아침에 출근하기 전, 다쿠지는 호시에의 이마에 자신의 이마를 대어보았다. 열이 있어, 다케자와 선생님께 왕진 좀 오시라고 해, 아쓰코에게 당부하고 출장을 떠났다.

사흘 뒤, 출장지에서 다쿠지는 호시에가 급성폐렴으로 위독하다는 전화를 받았다. 일을 하는 둥 마는 둥 하고 집에 돌아왔을 때, 호시에의 얼굴에는 하얀 천이 덮여 있었다.

아쓰코는 그날 다케자와 의원에 전화를 했지만, 병원 측 실수로 다음 날 왕진을 왔다며 울고 있었다. 다케자와 선생님도 새로 온 견습 간호사의 실수라며 다쿠지에게 머리를 숙이고 사죄했다. 다쿠지의 아버지가 다른 사람 원망해봤자 죽은 아이는 돌아오지 않는다며 중재하고 나서서 일을 마무리 지었다.

죽은 아이의 나이를 세면서 가슴 한쪽에 묻어놓고 지낼 무렵, 다쿠지는 결혼하기 위해서 고향집으로 돌아가던 그 간호사를 역에서 마주쳤다.

간호사는 머뭇거리며 다쿠지 옆에 서더니 말을 꺼냈다.

"그냥 가려고 했는데요."

우물거리는 노처녀 같은 느낌의 여자를 처음에는 알아보지 못했다.

"그날, 전화는 오지 않았어요."

아쓰코가 왕진을 부탁한 것은 그다음 날이었다고 한다. 전날은 아쓰코의 반창회 날이었다.

그날 밤, 다쿠지는 엄청 술을 마셨다.

현관 유리문을 들어서자마자 아쓰코의 뺨을 있는 힘껏 갈겨주겠어. 단단히 마음먹고 집으로 갔다.

그러나 다쿠지는 때리지 않았다.

왜 그랬을까. 이유를 생각하려니까 머리 뒤가 윙윙하고 울렸다. 이 여자를 때리지 않는 게 좋아. 마음 어딘가에서 생각했기에 말없이 현관으로 들어가 술에 취한 채 잠들었을 것이다.

마당에 먹물이 엷게 깔렸다. 소나무, 단풍나무, 오륜탑도 이제 어떻게 되든 상관없었다.

지금이 가장 두통이 심해지는 시간이다. 언젠가는 모두 사라지고 싸구려 모르타르의 네모난 집만 덩그러니 남게 된다.

아쓰코의 목소리가 들렸다.

다쿠지의 상태를 묻는 옆집 부인에게 뭐라고 대답을 하고 있다. 마치 내일 날씨를 이야기하는 것처럼 노래하는 목소리로 다쿠지의 혈압에 대해서 말하고 있었다.

다쿠지는 힘겹게 일어섰다.

벽에 의지하여 부엌으로 갔는데, 정신을 차리니 칼을 쥐고 있었다. 찌르고 싶은 것은 자신의 가슴일까, 아쓰코의 여름 밀감 같은 가슴일까. 다쿠지도 알 수 없었다.

"어머, 여보."

아쓰코가 놀라는 소리였다.

"이제 칼을 쥘 수 있네요. 이제 조금만 더 하면 되겠어요."

구김 없는 환한 목소리였다. 좌우로 떨어진 수박씨처럼 까맣고 작은 눈이 바쁘게 움직이고 있었다.

"멜론 좀 먹으려고."

다쿠지는 칼을 개수대에 내려놓고는 부자연스러운 걸음걸이로 마루로 나갔다. 목 뒤에서 벌레가 시끄럽게 울고 있다.

"멜론이요, 은행에서 온 거랑 마키노 부동산에서 온 게 있는데, 어느 것 드실래요?"

아무 대답도 할 수 없었다.

사진기의 셔터를 내린 것처럼 갑자기 마당이 어둠 속으로 빠져들었다.

손바닥만 한 창을 가린 커튼이 젖혀졌다. 내다보는

눈은 도미코의 눈이 아니라 짙은 **선글라스**

였다. 남자는 야쿠자인가. 움찔했지만 쇼지의 성급

한 판단이었다. 남자는커녕 아무도 없었다. 도미코

가 선글라스를 쓰고 있던 것뿐이었다.

비탈길

아파트 문은 똑똑 하고 두 번씩 세 번을 두드리기로 되어 있었다. 문패는 쇼지庄治가 달지 못하게 했다.

약속대로 문을 두드리자 손바닥만 한 창문을 가린 천이 유리 건너편에서 들쳐지고 도미코ㅏミ子의 눈이 보였다.

이제 일 년쯤 되어 익숙해졌는데도 볼 때마다 작은 눈이라는 생각이 든다. 눈이라기보다는 살이 터서 갈라진 모양이다. 웃으면 터진 부분이 입을 벌린 것처럼 되었다.

작은 창문 너머에서 도미코가 웃게 된 것은 반년 전부터다.

"내가 오는 것이 싫으냐?"

쇼지의 물음에 도미코는 천천히 고개를 저었다.

"싫지 않으면 좀 웃지그래?"

그 뒤 도미코는 웃게 되었다.

입도 무겁고 동작도 둔한 도미코는 웃음도 어색했다. 도드라지지 않은 납작한 눈, 코, 입은 웃는 것을 귀찮아하는 것 같았다.

문을 열고 쇼지가 들어가면, 도미코는 커다란 나무가 쓰러지듯이 땀이 난 몸을 말없이 기대었다. 역시 쇼지가 가르친 행동이다. 그전에는 단지 난처한 표정으로 턱 하니 버티고 서 있을 뿐이었다.

스무 살이라는 젊음과 하얀 피부만이 장점인 거대한 몸이다. 파마를 하지 말라, 화장을 하지 말라는 쇼지의 말을 잘 따랐다.

몸을 기댄 채 도미코는 쥐고 있던 손을 펼쳐 보였다. 탁구공이 하나 쥐어져 있었다.

아아. 쇼지는 바로 알아차렸다.

지난주에는 한 번밖에 오지 못했으니까 정확히 일주일 전 오늘이다. 쇼지는 들어오자마자 다다미에 책상다리를 하고 앉아 차가운 보리차를 마시면서 아파트가 기울어진 것 같다고 말했었다.

완만하다고는 해도 비탈길에 서 있는 탓인지 방이 기울어진 것 같았다. 이전부터 신경이 쓰였는데 뭔가 굴려볼 만한 것이 없느냐고 말한 일을 도미코는 기억하고 있었다.

"산 거냐?"

쇼지가 도미코를 쳐다보며 물어보았다.

"120엔."

마치 비싸서 미안하다는 듯이 대답하고는 다다미 위에 내려놓았다.

탁구공은 굴러가지 않고 3평짜리 방 한가운데 멈춰 있었다. 석양빛을 받아서 하얗게 빛나는 탁구공은 도미코의 모습 그대로였다.

시키지 않으면 아무것도 하지 않지만, 한번 시킨 일만큼은 하는 여자다. 바로 그 점이 마음에 들어서 오늘에 이르게 되었다.

쇼지는 올해로 딱 쉰 살이다.

일주일에 두 번씩 도미코의 아파트를 찾을 때면, 쇼지는 언제나 비탈길에 오르기 전에 택시에서 내렸다. 일방통행이기 때문이기도 했지만, 지나갈 수 있었다고 해도 아마 내렸을 것이다. 더 가면 택시 미터기가 올라갔다.

중소기업이긴 해도 사장이라는 직함에 기사가 있는 자동차를 가지고 있다. 하지만 쇼지는 성격상 택시를 타면 미터기가 신경 쓰였다. 목적지가 가까워지고 이제 찰칵하고 소리가 나겠구나 싶으면 엉덩이가 제멋대로 들썩여져서 택시운전사에게 말했다.

"여기서 세워주시오."

그리고 택시에서 내려 부지런히 걸어갔다.

이러니 쥐라는 소리를 듣지. 가끔 자신의 별명을 비웃고 싶어진다.

평상시에는 걸음이 빠른 쇼지지만, 도미코의 집에 갈 때만큼은 달랐다. 택시에서 내리면 모퉁이의 구멍가게에서 담배를 한 갑 산다. 그리고 천천히 비탈길을 오른다.

비탈길은 아주 완만했기 때문에 다른 때처럼 빨리 걸어도 힘들지 않았지만, 쇼지는 천천히 올라가고 싶었다.

아파트에 여자를 숨겨두고 있다. 아파트라고 해도 3평, 2평 반짜리 방에 낡았고, 숨겨둔 여자도 뽐내며 내놓을 정도는 아니었지만, 그러한 지위가 되었다는 사실만으로도 마음이 설레었다. '남자의 꽃길'이라는 말이 머릿속에서 나풀거렸다. 자고로 꽃길은 천천히 즐기면서 걸어야 한다.

이 근방은 본래 아자부麻布라는 고급주택가다. 오래된 집을 손보는 정도거나 큰마음 먹고 다시 짓는 등의 차이는 있지만, 정원이 딸린 상당히 근사한 집들이 비탈길 양옆으로 늘어서 있다.

돌담에 담쟁이덩굴이 올라붙은 집이 보였다. 백목련, 등나무, 황매화나무, 백일홍. 쇼지는 산울타리 틈새로 정원을 감상하면서 느긋하게 걸었다. 서향의 향기도 오랜만에 맡았다. 이 비탈길에는 쇼지의 사계절이 있었다.

작년 벚꽃이 필 무렵, 도미코를 위해서 이곳에 아파트를 얻었다. 당시 비탈길 중턱에 위치한 벚나무는 길 가득히 벚꽃을 흩날리고 있었는데, 지금은 언제 그랬느냐는 듯이 짙은 녹색의 커다란 나무가 되어 그림자를 드리우고 있다.

도미코는 쇼지 회사의 여사원 모집에 지원한 사람 중 한 명이었다.

주판을 놓을 수 있고 글씨를 잘 썼기 때문에 면접까지 올라왔지만, 결과는 가장 먼저 탈락이었다.

"도저히 감당이 안 되네."

도미코가 인사를 하고 나가자마자, 인사담당자가 소리를 질렀다.

"커도 너무 크잖아."

남자치고는 작은 체구인 사장, 쇼지의 비위를 맞추는 듯한 말투였다.

"둔하겠어. 발목 보니까 그래."

경리부장도 채점표에 가위 표시를 그리면서 한마디 거들었다.

"눈 없는 물떼새의 틀어올린 머리(1940년도 일본 유행가─옮긴이)."

인사담당자가 노래하기 시작했고, "그게 언제 적 노래인데"라며 누가 끼어들어 모두 한바탕 웃었다.

모두 맞는 말이었다.

너무 크고 너무 뚱뚱했다. 눈이 작은 탓인지 표정이 없고 침울해 보였다. 복장도 촌스러웠을 뿐 아니라, 대답도 둔하고 굼떴다. 고등학교 성적도 중간을 밑돌았고 든든한 가족도 없었다.

"요즘 세상에 저런 여자가 있다니."

쇼지도 다른 사람들과 마찬가지로 가위 표시를 했다. 표시를 하면서 가도와키 도미코라는 이름과 연락처를 몰래 적었다. 손이 제멋대로 움직인 느낌이었다.

도미코의 고향은 홋카이도 샤코탄積丹 반도다.

오랜 시간이 지나서야 무거운 입이 열리면서 하나 둘 어린 시절 이야기를 하게 되었다. 도미코의 고향에서는 고기라면 말고기를 가리켰고, 어릴 때 쇠고기는 별로 먹어보지 못했다고 한다.

그리고 무슨 영문에서인지, 도미코의 마을에만 음식을 덮는 랩의 보급이 늦었다고 한다. 도쿄에 돈 벌러 나갔다가 장례식에 참석하기 위해 돌아온 남자들이 조린 음식을 냉장고에 보관하면서, 그 편한 것이 여기에는 없느냐며 설명했지만 아무도 본 적이 없었기 때문에 전혀 감이 가지 않았다는 이야기를 할 때는 웃기도 했다.

옷을 벗으면 도미코의 하얀 몸은 한층 더 커 보였다.

쇼지는 자신의 별명대로 쥐가 되어 하얗고 번쩍번쩍 빛이 나는 커다란 가가미모치鏡餅(모양이 둥근 거울을 닮은 데서 유래한 떡—옮긴이) 위에 기어올라가서 노는 것 같았다.

"할머니나 증조할머니가 러시아 남자랑 사고라도 치신 것 아니야?"

농담 반 진담 반으로 물어보면, 도미코는 고개를 갸우뚱거렸

다. 글쎄요. 역시 그녀의 작은 눈은 화를 내는지 웃고 있는지 알
수 없었다.

　호텔에서 처음 쇼지의 그 말을 듣고 도미코는 눈물을 흘렸다.
작은 하수구에서 물이 넘치는 것처럼 서서히 줄줄 흘러내렸다.
살이 터서 찢어진 것 같은 눈은 그림에서처럼 눈물이 뚝뚝 흐르
지는 않는 구조인가 보다.

　도미코는 눈치가 없는 대신 먼저 나서서 행동하지 않기 때문
에 마음 편한 점이 있었다.

　이 집에서는 차려입을 필요도 없었고 위엄을 부릴 필요도 없
었다.

　목욕하고 나오면 허리에 수건만 두른 채, 다다미에 책상다리
를 하고 콩과 두부를 안주 삼아서 맥주를 마실 수 있었다. 근처
반찬가게에서 사온 얇은 돈가스에 소스를 듬뿍 뿌려 먹고 석간
신문을 사회면부터 봐도 상관없었다.

　피티에이를 피테에이, 댄스파티를 단스파티라고 발음하면 바
보 취급을 하는 아들, 딸도 없었다. 쇼지는 전기통신학교를 졸업
하여 자수성가한 사람이었다.

　다도 모임이니 요리 모임이니, 모임마다 인맥을 만들어서 점
잔 빼며 긴 통화를 하는 아내의 목소리를 듣지 않아도 되었다.

　쇼지는 도미코의 검소한 점이 마음에 들었다. 괜한 전기를 켜
두면 아깝다며 저녁에도 주위가 상당히 어두워질 때까지 불을

켜지 않았다.

달다는 말을 믿고 산 수박이 싱겁다며 쇼지가 먹던 수박을 뺏어 들고 비탈길 아래 과일가게까지 따지러 가서는 새로운 수박과 바꿔오기도 했다.

"달지 않던데요."

툭 하고 한마디 내던지고 눈에 띄지 않는 가느다란 눈으로 가만히 상대를 보고 있었을 도미코의 모습을 상상했다. 쇼지는 웃음이 났고 샤코탄 반도가 점점 더 좋아졌다. 사나흘 정도 시간을 내서 도미코와 함께 홋카이도를 거닐면 즐거울 것 같았다.

도미코가 옆집 여자가 하는 가게의 전표 정리를 도와준다는 사실을 알았을 때, 딱 한 번 약간 말다툼을 했다.

쇼지도 우메자와梅澤라는 옆집 여자를 알고 있었다. 근처 바 bar의 고용 마담으로 서른대여섯 정도의 약간 예쁜 여자다. 비탈길에서 마주친 적도 있고 아파트 앞에서 쓰레기를 버리다가 아는 척 인사를 해오기도 했다. 서양인같이 이목구비가 또렷한 얼굴로 옛날에는 절대 없었던 얼굴이다.

도미코에게 이웃들이랑 어울리지 말라고 주의를 주었지만, 옆집 우메자와하고는 가스보일러 사용법 등을 물어보면서 안면을 트게 되었다.

주판을 놓을 줄 안다고 하자 장부 정리를 부탁받았다고 한다. 쇼지가 필요한 만큼 주지 않느냐고 물어보았다. 돈 때문이 아니에요. 도미코가 조용히 대답했다.

"아무것도 할 일이 없어서요."

그럴 때 도미코의 하얗고 커다란 몸은 묘한 위압감을 주었다.

한창 더운 여름, 쇼지는 출장과 휴가를 겸하여 방콕과 싱가포르에 가게 되었고 열흘 정도 일본을 떠나 있게 되었다.

갈색 피부에 잘록한 허리의 여자들과 즐길 기회는 여러 차례 있었지만, 결국 쇼지는 아무것도 하지 않고 귀국했다.

산, 물, 사람도 모두 초콜릿색인 나라에 있으니까 도쿄 아파트에 있는 도미코의 하얗고 커다란 덩치가 그리웠다.

석양이 비쳐 붉게 물든 다다미 위에서 알몸으로 콩과 두부를 먹고 싶었다. 쇼지는 일정을 하루 앞당겨서 돌아왔다.

오늘은 처음으로 도미코와 밤을 보내야지. 대단하지는 않지만 사파이어 선물도 있었다.

전화를 하지 않고 갑자기 노크를 해서 놀라게 해주자. 도미코가 창을 내다보면서 어떤 눈을 할까. 나잇값도 못하고 가슴이 두근거렸다.

평소처럼 비탈길 아래에서 택시를 세우고 구멍가게에서 담배 한 갑을 샀다. 사둔 담배가 도미코 집에 있었지만 버릇이 되었는지 차에서 내리자 어느새 구멍가게의 창문을 똑똑 두드리고 있었다. 쇼지의 방탕한 공연의 막이 올랐다는 신호다.

다른 때는 거스름돈이 항상 준비되어 있었는데, 이날은 가게 노파가 잔돈을 가지러 안으로 들어갔다. 가게에 걸린 작은 거울 속으로 쇼지가 기다리며 서 있는 모습이 보였다.

돌아가신 아버지의 얼굴 그대로다.

원래 나이가 들면 생기가 없어지고 쭈그러드는 집안인지 점점 더 쥐를 닮아가고 있었다. 괜찮아, 쥐도 혈기 왕성해서 힘이 넘치는 때가 있잖아.

쇼지가 초등학교 5학년 때였다.

목수였지만 기술은 별로인 아버지에게 이끌려서 최승희崔承喜의 무용을 보러 간 적이 있다.

아버지한테 어디서 그런 표가 생겼을까, 누가 준 걸까. 그런 사실보다 막내 동생을 임신하여 남산만 한 배를 한 어머니가 캐러멜을 사서 교복 주머니에 넣어주었던 일과 커다란 북을 두들기면서 무대를 가득 채우며 춤을 추던 최승희의 모습만이 기억에 남아 있다.

처음 보는 색상의 민속의상이 뒤집어졌고 하얗고 커다란 몸이 땀으로 반짝였다. 북을 치는 리듬은 격렬해졌고 미친 듯 춤을 추는 사람은 쇼지의 눈에는 아무것도 걸치지 않은 것처럼 보였다. 무용이 끝나고 휙 하고 엎드리는 것처럼 쓰러지자 만원인 공연장에 박수갈채가 쏟아졌다.

쇼지는 옆 자리의 아버지가 다른 사람 못지않게 열렬히 박수치는 모습에 적잖이 놀랐다. 평소에는 기가 센 어머니에게 눌려서 취미라고는 장기 정도만 두는 아버지였다. 몸을 앞으로 내밀고 입을 반쯤 벌린 채 박수를 치는 아버지의 옆얼굴은 난생처음 보는 사나이의 얼굴이었다. 엄마한테는 비밀로 해야지. 어린 마음에도 그 정도의 판단은 할 수 있었다.

거울 속으로 열흘 만에 딸 또래의 여자를 만나러 가는 얼굴이 보였다. 바로 그때의 아버지 얼굴이다. 최승희의 몸집도 하얗고 엄청 거대했던 것 같다.

여느 때처럼 쇼지는 노크를 했지만, 웬일인지 손바닥만 한 창문의 커튼은 열리지 않았다.

외출했을 리가 없다. 노크를 하기 바로 전에 안에서 화장실 물소리가 들렸다. 쇼지는 다시 한 번 두드렸지만 안에서는 아무 소리도 나지 않았다. 소리는 나지 않았는데 인기척은 느껴졌다. 도대체 무슨 일일까. 처음 있는 일이었다.

옆집 문이 열리고 마담인 우메자와의 얼굴이 나타났다. 짙게 화장한 얼굴은 굳어 있었고 어떻게 말을 꺼내야 하는지 난감해하는 모습이었다.

도미코에게 다른 남자가 있다.

이 여자는 그 사실을 알고 있다.

"도미코! 도미코!"

똑똑 하고 두 번씩 세 번 두드릴 여유 따위는 없었다. 쇼지는 목청껏 도미코의 이름을 부르며 마구 문을 두들겨댔다.

손바닥만 한 창을 가린 커튼이 젖혀졌다.

내다보는 눈은 도미코의 눈이 아니라 짙은 선글라스였다.

남자는 야쿠자인가. 움찔했지만 쇼지의 성급한 판단이었다. 남자는커녕 아무도 없었다. 도미코가 선글라스를 쓰고 있던 것뿐이었다.

도미코의 두 눈은 시골 연극에서 본 오이와(〈요쓰야四谷괴담〉의 여주인공 이름—옮긴이)처럼 빨갛게 부어 있었다. 쇼지가 방콕으로 떠난 날 쌍꺼풀 수술을 받았다고 한다. 옆집 마담의 소개였다.

"왜 나한테 아무 말도 안 했지?"

쇼지는 도미코를 추궁했다.

그 순간 탁상시계 뒤에 있었던 모양인지, 탁구공이 선반에서 스르르 굴러왔다. 탁구공은 다다미 위에서 두세 번 가볍게 튀더니 천천히 방구석으로 굴러가서 멈췄다.

나는 그 눈이 좋았어. 어머니의 손이 터서 갈라진 것 같은 눈. 웃으면 튼 부분이 입을 벌린 것처럼 되는 눈. 울면 하수구에서 물이 넘치는 것처럼 형체가 없는 눈물이 서서히 줄줄 번지는 눈을 좋아했던 거야.

검은 선글라스를 쓰고 있는 도미코는 터서 갈라진 것 같은 눈

일때보다도 무슨 생각을 하는지 더 알 수 없었다.

홈웨어를 입은 도미코의 등은 석양빛을 받아서 하얗게 반짝였다. 손가락 끝에 옅은 빨간색 매니큐어를 바르고 있었다. 기분 탓인지 손목이 전보다 가늘어 보였다.

결국 도미코는 잘못했다는 말은 한마디도 하지 않았다.

열흘쯤 지나서 눈 주위의 부기가 빠지자, 도미코의 눈은 옆집 마담과 비슷한 모양이 되었다. 원판이 다르기 때문에 완전히 똑같지는 않았지만, 같은 의사가 수술하면 흔히 있는 일인가 보다.

도미코는 말이 많아졌다.

얼굴이고 몸이고 표정이 많아졌다. 매일 조금씩 자신감이 붙는 것 같았다.

딱히 그만큼은 아니지만 쇼지는 쉽게 피곤해졌다.

지금껏 힘들다고 생각한 적 없는 완만한 비탈길을 오르는 일이 귀찮아졌다. 택시운전수에게 돌아서 비탈길 위까지 가달라고 부탁했다.

겨우 70엔 정도를 아까워하는 것도 아니면서, 왜 여태 생각하지 못했던 걸까.

자신도 모르는 사이에 저절로 발이 먼저 비탈길로 내려갔다. 아래에서 위로 올라갈 때 보았던 눈에 익은 집과 정원이 아니라 처음 보는 문패와 울타리였다.

노크를 해도 도미코는 내다보지 않을지도 모른다. 다음에는 코를 고치고 뺨을 고치고 점점 옆집 마담과 똑같아진다. 하얗고 붕긋이 솟아오른 거대한 몸집이 가늘어지고 발목도 잘록해진다.

커다란 가가미모치 위에서 편히 쉰다고 생각했는데, 어느 틈에 가가미모치는 반들반들한 하얀 알몸의 마네킹이 된다.

솔직히 아쉬움 반, 안도 반이었다.

경사가 별로 심하지 않다고 생각했는데, 그래도 이 근처는 지대가 높은지 눈 아래로 상점가가 펼쳐 보였다. 지붕도 유리창도 간판도 모두 귤색으로 빛나고 있었다.

저녁놀이었다.

딱 일 년 동안 이 비탈길을 오르내렸다. 올라갈 때는 해를 등졌고 내려갈 때는 어둠을 향했다. 변명거리를 생각하며 돌아가곤 했었기에, 아래에 펼쳐진 저녁놀에 물든 마을을 바라본 적이 없었다.

도미코의 아파트에 들르지 말고 이대로 비탈길을 내려가 구멍가게에서 담배를 산 뒤, 택시를 타고 곧장 집으로 돌아갈까. 쇼지는 비탈길 중턱에 멈춰 서서 주머니를 더듬거리며 동전을 찾았다.

어머니는 물을 많이 마셨다. 생수를 좋아
해서 커다란 컵이 넘칠 정도로 물을 담아
서는 목을 한껏 젖히고 벌컥벌컥 소리 내
며 들이켰다. 아버지는 생수를 마시면 설
사를 한다며 끓인 물을 식힌 뒤, 소주잔
처럼 **작은 찻잔**으로 마셨다. 그것
도 좀처럼 마시지 않았다.

붙박이창

집에도 얼굴이 있고 세월과 함께 늙어간다는 사실을 에구치 江口는 알지 못했다. 올가을 임시 인사이동으로 한가한 부서로 발령받고서야 알았다.

거의 매일같이 이어지던 회식이 갑자기 끊겼고, 해 지기 전의 저녁놀 속에서 자신의 집을 볼 수 있게 되었다.

집은 지쳐 있었다.

슬레이트석 대문에서도 모르타르 벽에서도 흰 가루가 피어나고 있었다. 달필을 자랑하는 중역이 보내준 커다란 문패는 비바람을 맞아서 낡은 게타(일본 나막신—옮긴이)로 보였다.

그는 15년 전에 이 집을 장만했을 때만 해도 에구치를 마음에 들어 해서 돌봐줬지만, 이용할 만큼 이용하자 그야말로 헌신짝처럼 한직으로 보내버렸다.

50평의 임대 토지에 건평 25평의 아담한 집에는 어울리지 않는 근사한 문패에 맞추기 위해 에구치는 무리를 해서 문 옆에 소나무를 심었다. 하지만 그 소나무도 이제는 녹색보다는 마른 갈색이 더 많이 눈에 띈다.

업무가 많을 적에는 아침이면 총알처럼 뛰어나갔고 밤이면 기사 딸린 승용차가 문 바로 앞까지 데려다줬다. 그리고 일요일에는 골프를 치러 가거나 피곤해서 자고 있었기 때문에 자신의 집을 찬찬히 바라보는 일은 없었다. 집의 얼굴은 에구치의 지친 얼굴 그대로였다.

문 옆의 우편함에 석간신문이 그대로 꽂혀 있었다. 전에는 이러지 않았다.

아내 미쓰코美津子는 눈치가 빠른 편은 아니었지만, 부지런해서 석간이 오면 바로 가지러 나갔다. 그리고 식탁 옆에 돋보기 안경과 같이 놓아두었다.

회사뿐 아니라, 집에서도 자신을 우습게 보는 것 같아서 화가 났다. 거칠게 석간을 빼다가 문득 2층 창문에 눈길이 갔다.

붙박이로 된 작은 창문에서 어머니 다카タカ가 내다보고 있었다. 순간 그렇게 생각했는데, 5년 전에 돌아가신 어머니일 리가 없었다. 다시 보니 시집보낸 외동딸 리쓰코律子였다.

귀가하는 아버지를 보고는 장난스럽게 거수경례를 한다. 다소 어설픈 경례다. 에구치는 종전 직후, 진주군과 장난치며 미국식

경례를 하던 팡팡(제2차세계대전 후 일본에서 미군을 상대로 하던 창녀—옮긴이)이라고 불리던 여자들을 봤던 일이 떠올랐다.

역시 닮았다.

숱이 적은 흐릿한 눈썹, 눈물이 어린 듯한 촉촉한 눈, 그 아래 눈물주머니라고 불리는 불룩한 살, 조그맣게 '아' 하고 있는 듯한 입술, 모두 똑같았다. 머리만 묶으면 젊은 시절 다카의 모습 그대로다.

가장 닮지 않기를 바라는 사람과 점점 더 닮아간다. 현관을 들어서는데 에구치는 문득 불길한 예감이 들었다. 리쓰코는 다카와 똑같은 짓을 저지른 걸까. 그래서 친정에 돌아온 걸까.

'벼룩 부부(아내가 남편보다 몸집이 큰 부부를 일컫는 표현—옮긴이).'

중학교 입학 선물로 사전을 받았을 때 에구치가 찾아본 표현이다.

역시 진짜구나. 벼룩 수컷은 암컷보다 작다고 쓰인 것을 확인하고 감탄은 했지만, 웬일인지 기운이 빠져버렸다.

부모가 '벼룩 부부'라고 불리던 것을 어릴 적부터 들었기 때문이다.

아버지는 마르고 빈상貧相이었다.

어머니는 높이 틀어올린 머리만큼 아버지보다 키가 컸고 듬직

했다.

두 사람의 결혼사진은 이상하게 변색되어 남아 있었는데, 입이 험한 친척이 보고는 '부뚜막 빗자루와 쌀섬'이라며 웃었다고 한다.

옷자락이 벌어진 주름투성이 하카마(일본 옷의 겉에 입는 낙낙하고 주름 잡힌 하의―옮긴이)를 입고 힘없이 서 있는 아버지는 하얀 옷에 머리장식을 한 신부에게 기대고 있는 것 같다.

부뚜막을 청소하는 빗자루는 언제나 부엌 구석의 기둥에 매달려 있었는데, 문을 여닫을 때마다 할 일 없이 흔들거렸다.

아버지는 겁쟁이였다.

외출을 할 때 커다란 짐을 드는 사람은 항상 어머니였다. 밤에 바람이 불어서 추워지면 어머니는 두르고 있던 목도리를 풀어서 아버지 목에 감아주었다.

아버지는 여름만 되면 꼭 배탈이 났고 겨울에는 언제나 감기에 걸렸다. 퇴근해서 들어오면 자기 전에 흡입을 했다. 먼저 흡입기를 상 위에 올려놓는다. 아버지는 갑자기 뜨거운 수증기가 나오면 무섭다고 했다. 그래서 먼저 어머니가 입을 벌리고 수증기가 얼마나 뜨거운지 확인한 다음, 아버지의 목에 수건을 둘러주며 준비를 해줬다. 크게 입을 벌리고 수증기를 흡입하는 아버지의 입 주변에 증기의 하얀 물방울이 달라붙어서 빈상인 얼굴은 한층 더 딱해보였다.

아버지는 추위를 탔고, 어머니는 더위를 탔다. 겨울에도 어머니는 발이 뜨겁다며 이불 밖으로 발을 내놓고 잠을 잤다.

밤중에 물을 마시러 부엌에 가면 이튿날 된장국에 사용할 모시조개가 바가지 안에서 울고 있었다. 어떤 조개는 입을 조금 벌리고 있고, 또 어떤 조개는 어느 부분인지는 모르지만, 하얀 관 끝을 내밀고 있었다. 갈색 이불 밖으로 삐져나온 어머니의 발과 비슷했다. 소리에 놀랐는지, 픽 하고 물을 내뿜는 것도 있었다. 모래를 뱉게 하는 데 녹물이 좋은지, 녹슨 부엌칼이 물속에 담겨 있기도 했다.

물속의 조개, 부엌칼, 이불 밖으로 나온 어머니의 발을 보면 에구치는 항상 가슴이 철렁했다.

아버지는 어머니와 반대로 모로 된 속옷을 입은 채 잘 때가 많았다.

어머니는 물을 많이 마셨다. 생수를 좋아해서 커다란 컵이 넘칠 정도로 물을 담아서는 목을 한껏 젖히고 벌컥벌컥 소리 내며 들이켰다.

아버지는 생수를 마시면 설사를 한다며 끓인 물을 식힌 뒤, 소주잔처럼 작은 찻잔으로 마셨다. 그것도 좀처럼 마시지 않았다.

어머니는 항상 이마 가장자리에 땀을 흘리고 있었지만, 아버지는 잠자면서 식은땀밖에 흘리지 않았다.

어떻게 이렇게 다른데 부부가 되었을까. 어린 에구치는 의문이 들었다.

"여러 가지 섞는 게 좋을 테니까."

어머니는 웃으며 말을 이었다.

"섞어야 튼튼한 아이가 태어나지 않겠니."

이 말을 들은 건 어머니와 같이 아시카가足利에 가기 전이었을까, 갔다 온 후였을까.

아시카가는 어머니 다카의 친정이다. 다카는 커다란 염색집 딸이었다.

"겐이치健一는 같이 안 왔소?"

리쓰코의 신발 옆에 당연히 손자 겐이치의 작은 신발이 있을 것이라고 생각했는데, 신발은 한 켤레밖에 보이지 않았다.

현관으로 나온 아내 미쓰코는 살짝 고개를 흔들고는 손가락을 하나 세워 보였다.

"리쓰코 혼자 왔어요."

아마 그런 뜻일 것이다.

본래 말이 많은 편은 아니지만, 진지하게 고개를 흔드는 모습하며, 2층에 신경 쓰는 듯한 모습하며, '역시나' 하는 생각이 들었다.

"무슨 일이오?"

미쓰코는 다시 손가락을 입에 갖다 대었다.

"나중에요."

그리고 서둘러 덧붙였다.

"당신은 아무 말 마세요."

목소리를 낮춰 말하는데, 리쓰코가 경쾌한 발소리를 내며 2층에서 내려왔다.

"착실하게 일찍 들어오시네요."

"서무 쪽으로 옮기면서 매일 이렇단다. 그렇죠?"

직장생활을 한 적이 없는 여자는 잔인하다. 가장 말하지 않았으면 하는 사실을 정확하게 짚어서 말한다.

"그럼 연말에 보자기 들고 와도 소용 없겠네요."

영업부장 자리에 있을 때, 마룻바닥에 산더미처럼 쌓이던 연말선물 이야기다.

"올해부터는 종이봉투 정도지."

농담으로 얼버무리면서 에구치는 거실 구석에 낯익은 보스턴백이 놓인 것을 발견했다. 역시 자고 갈 생각으로 왔나 보다.

두 모녀는 부엌으로 가서 수다를 떨며 식사 준비를 했다.

그때는 등나무로 짠 커다란 바스켓이었던 것 같다.

매서운 찬바람이 부는 겨울밤이었다. 커다란 등나무 바스켓을 들고 연지색 비로드 숄로 얼굴을 가린 다카의 손에 이끌려 에구치는 기차인지 전차인지를 탔다. 아시카가로 향했으니까 도부東武전차였을 것이다.

탈 것을 좋아해서 여느 때처럼 자리에 앉아서 창밖을 구경했
지만, 창밖은 캄캄해서 아무것도 보이지 않았다.

"왜 아빠는 같이 안 가?"

에구치는 다섯 살, 아니면 여섯 살이었지만, 그런 질문을 하면
안 된다는 것을 알았다.

도쿠 아저씨 때문이라는 점도 짐작하고 있었다.

도쿠 아저씨는 아버지 회사의 사환이었다. 고학생으로 야학을
다녔던 것 같다. 말수는 적었지만 체격이 컸고 씨름을 시켰더니
회사에서 그를 이기는 사람이 없었다. 그는 엄청나게 힘이 세서
대청소와 마당 청소, 선반 달기, 굴뚝 청소 등을 할 때는 집에 와
서 어머니를 돕곤 했다.

점심때가 되면 마루에 걸터앉아서 커다란 알루미늄 도시락을
꺼냈다. 뒤에서 차를 준비하던 어머니가 슬쩍 손을 내밀어 도쿠
아저씨의 도시락 반찬을 집어먹는 모습을 본 적이 있다. 이상하
게 가슴이 철렁했다.

비슷한 시기였을 텐데, 당시 에구치는 실내용 그네를 가지고
있었다.

등나무와 나무로 만들어진 상자 모양의 그네로 미닫이 문틀
위에 매달아서 사용하는 어린이용이었다.

양옆과 등받이 부분에 빨간 꽃 모양의 인조견사가 붙어 있었
다. 여자아이 것 같아서 싫었지만, 아버지를 닮아서 에구치는

걸핏하면 감기에 걸렸기 때문에 좀처럼 밖에 나갈 수 없었다. 그네는 도쿠 아저씨가 자주 밀어주었다. 도쿠 아저씨는 아버지나 어머니보다 세게 밀었기 때문에 어린 에구치의 마음에 아주 들었다.

도쿠 아저씨가 왔는데도 그네를 밀어주지 않을 때가 있었다. 무엇을 하는지, 도쿠 아저씨는 어머니와 함께 구석방으로 들어가 버려서 에구치는 거실에 혼자 남겨지곤 했다.

그네가 멈춰도 나오지 않았다.

에구치는 그네에서 내려 혼자서 밀었다. 빨간 인조견사의 꽃무늬 상자만 칙칙한 실내에서 흔들렸다.

어머니 손에 이끌려 아시카가에 갔던 것은 아마 그로부터 얼마 지나지 않아서였다.

거기서 에구치는 급성 이질에 걸렸다.

염색집 이불은 한결같이 쥐색과 감색 견본을 이어 맞춘 이상한 모양이었다.

밤중에 눈을 떴는데, 마침 도쿄에서 아버지가 막 도착했을 때였다. 아버지는 갑자기 뛰어오를 듯이 팔을 높이 들더니 어머니의 뺨을 후려쳤다.

다음에 눈을 떴을 때도 역시 밤이었던 것 같다. 아버지는 다다미 위에 무릎을 꿇고 어머니 앞에서 고개를 숙이고 있었다.

그 다음은 기억에 없지만, 분명한 사실은 도쿠 아저씨를 다시는 보지 못했다는 것이다.

에구치가 맞선에서 미쓰코를 아내로 결정한 것은 어머니와 정반대였기 때문이다.

"어딘지 좀 우엉 같은 처자네."

맞선을 보고 돌아가는 길에 다카가 한마디 하고는 코웃음을 쳤다.

크고 하얗고 차분한 다카와 비교하면 분명히 우엉이었다. 속까지 검을 것 같았고 마른 체격이었다. '나는 매력 없는 여자야'라는 콤플렉스를 가지고 있을 것 같은 점이 마음에 들었다. 같이 살면서 별 재미는 없겠지만, 최소한 이 여자가 나를 배신하는 일은 없겠지. 아름다운 아내를 자랑하면서도 한평생 질투로 괴로워한 아버지의 전철을 밟고 싶지 않았다. 미쓰코는 '아름다운 부인'이라고 불린 적은 없지만 '수수한 부인', '야무진 부인'이라는 말은 들었다. 에구치는 만족했다.

2년째 되던 해에 여자 아이가 태어났다. 바로 외동딸 리쓰코다.

"할머니를 닮았네요."

그 말에 에구치는 당황했다.

격세유전隔世遺傳은 사실인가 보다.

하얀 피부에 살집이 좋은 점, 물을 많이 마시고 땀을 많이 흘리는 점, 모두 다카의 모습 그대로였다.

아마 리쓰코가 세 살 때였을까.

목욕하고 나온 에구치가 거실로 가는데, 리쓰코가 텔레비전에 얼굴을 대고 있었다.

"그런 것 핥으면 안 된다."

주의를 주다가 가슴이 쿵 내려앉았다.

리쓰코는 화면에 비친 남자 배우에게 뽀뽀를 하고 있었다.

정신을 차리자, 리쓰코는 바닥을 뒹굴고 악을 쓰며 울고 있었다. 놀라서 말리러 온 미쓰코를 밀치고 에구치는 두 대, 세 대 더 손찌검을 했다.

아마 그날 밤, 미쓰코에게 어머니 다카의 부끄러운 과거를 이야기했던 것 같다.

혼기가 차면서 리쓰코는 한층 더 다카를 닮아갔다. 리쓰코가 '아름다운 아가씨'라고 불릴 때마다 에구치는 기쁨과 괴로움을 함께 맛봐야 했다. 화장이 짙을 때, 화려한 색상의 옷을 샀을 때, 남자친구로부터 전화가 왔을 때, 에구치는 노골적으로 화난 표정을 지었다.

성인식을 치르고 바로 리쓰코의 혼사가 결정되었을 때, 가장 안심한 사람은 엄마인 미쓰코보다 에구치였다. 사윗감이 상당히 미남이었던 점도 마음이 놓인 이유였다. 됐어, 이 정도면 안심이야.

다카가 죽은 것은 결혼식 날짜를 잡았을 무렵이다.

어이없는 죽음이었다.

약 7년 전에 다카는 거동을 못하게 된 남편을 먼저 보내고 혼자가 되었지만, 나이보다 10년은 젊어 보였고 건강했다.

다카는 쇼핑 후 버스를 타고 돌아가는 길이었다. 종점에 도착해도 내리지 않아서 차장이 흔들어 깨웠는데, 이미 숨이 멎어 있었다. 사인은 심장마비였다.

쇼핑백 안에는 백화점 포장지에 싸인 넥타이가 하나 들어 있었다.

누구에게 주려고 했던 걸까. 상가에서 밤을 새우다가 화제에 올랐다.

"리쓰코의 신랑에게 선물하려고 했던 게 아닐까요? 어머님, 젊고 잘생긴 남자 좋아하셨잖아요."

미쓰코의 말에 그 자리에 있던 사람들 모두가 고개를 끄떡였지만, 에구치는 아니라고 생각했다.

어머니는 언제나 도쿠 아저씨가, 도쿠 아저씨 같은 남자가 없으면 견딜 수 없었던 것은 아닐까.

아마 도쿠 아저씨가 떠난 다음이었을 텐데, 에구치는 어머니가 2층 창문에서 밖을 내다본다는 사실을 알았다.

사다리 모양의 계단 위에 있는 작은 붙박이창에 몸을 바짝 대고 어머니는 한참 동안 서 있었다. 그곳에서 내다보면 바로 앞에 있는 고등학교 운동장이 보였다.

어머니는 고등학생들이 운동하는 모습을 훔쳐보고 있었던 것은 아닐까. 학생들이 상반신을 드러내고 운동을 하는 모습을 에구치도 본 적이 있었다.

얼마 뒤 아버지가 지붕에서 떨어졌다. 아버지는 허리를 다쳐서 오랫동안 회사를 쉬게 되었다. 어쩌면 붙박이창에 가리개라도 붙이기 위해서 지붕에 올라갔던 것은 아닐까.

흐릿한 눈썹 아래에서 깜빡이면 눈물이 흐를 것처럼 촉촉한 어머니의 눈, '아아' 하고 말하고 있는 듯한 입술을 아버지도 창문 밖에서 분명히 보고 있었을 것이다.

아버지의 허리는 겨울이 되면 꼭 다시 도졌고 더더욱 꾀죄죄하니 늙어갔다.

지난 광경이 머리를 스쳐 지나갔다. 그래서 어머니가 가지고 있던 수신인 불명의 넥타이를 유품으로 쓰라는 미쓰코의 말에도 불구하고 어머니의 관에 넣어서 같이 태워버렸다.

저녁 반찬은 다른 날보다 푸짐했지만, 에구치는 전혀 즐겁지가 않았다.

걸리는 일도 있고 입 조심하라는 말 때문이기도 했지만, 사정을 알면서 일부러 쓸데없는 이야기를 하고 있는 아내 미쓰코의 태도가 마음에 들지 않았다.

혼자만 알고 있다는 사실은 어머니라는 존재의 작은 행복인가 보다. 약간 비밀스러운 눈짓, 일부러 고른 것 같은 밝은 화제도 에구치의 신경에 거슬렸다.

언젠가 알게 될 일이라면 시간 끌지 말고 말하지 그러오, 대충 짐작은 하고 있소. 목구멍까지 올라오는 말을 삼키고 식사를 마쳤다.

식후에 과일을 깎다가, 미쓰코가 갑자기 가슴을 누르며 고꾸라졌다. 원래 담석증이 있었기 때문에 크게 허둥댈 필요는 없었지만, 비도 오기 시작했기 때문에 의사의 왕진은 어렵지 않을까 싶었다.

그런데 미쓰코는 몸을 새우처럼 구부리면서, 다니던 병원 전화번호와 함께 덧붙여 말했다.

"젊은 선생님에게 저라고 얘기하면 와주실 거예요."

젊은 선생님이라고 해도 마흔이 지나 있었지만, 골프로 피부가 그을린 풍채 좋은 남자였다.

자동차에서 내려 우산도 쓰지 않고 한달음에 현관으로 뛰어들더니, 안내도 기다리지 않고 미쓰코가 누워 있는 방으로 성큼성큼 들어갔다.

여러 차례 와서 잘 알고 있는 것 같은 발걸음이었다.

미쓰코가 가슴을 내보이고 진찰을 받는 동안, 에구치와 리쓰코는 옆에 있는 거실에서 기다렸다. 통증을 설명하는 미쓰코의 목소리는 여태 에구치도 들어본 적이 없을 정도로 촉촉하고 달콤했다.

　문을 열고 옆방에 들어가고 싶은 충동을 약간 느꼈지만, 마음을 억누르며 참았다.

　그날 밤, 에구치는 또 한 번 배신을 당했다.

　부엌에서 물을 마시던 리쓰코가 역시 물을 마시러 온 에구치에게 털어놓은 말 때문이었다.

　"아빠한테도 얘기해버릴까."

　슬며시 운을 띄운 리쓰코는 결혼 전에 했던 것처럼 컵을 물로 두 번 헹구고 흔들어 물기를 털어낸 다음, 제자리에 놓으면서 슬쩍 내뱉었다.

　"그이, 여자가 생긴 것 같아요."

　에구치는 웃기 시작했다.

　부글부글하고 물이 끓어오르듯이 웃음이 올라와서 큰 소리로 웃었다.

　"왜 그러세요. 이게 웃을 일이에요?"

　리쓰코는 입을 삐죽거렸다. 그 옆얼굴은 다카보다 엄마인 미쓰코를 닮았다. 에구치의 웃음은 몸속에서 여운을 남기며 길게 이어졌다.

　리쓰코에게는 안됐지만 다행이었다. 이젠 됐어, 이게 보통인 거야. 아버지의 원수를 사위가 갚은 것 같은 기분도 들었다.

에구치는 리쓰코가 놓아둔 컵에 물을 따르면서 새삼 한숨을 쉬었다. 전적으로 믿고 있던 미쓰코에게 그런 애교 섞인 목소리가 있었으며, 물론 그 이상의 일은 없다고 해도 자신이 모르는 여성스러운 면이 있었다는 사실이 놀라웠다. 리쓰코에 대한 자신의 추측은 빗나간 것이었다.

어머니에 대한 몇 가지 기억 중에서 어느 것에 중요한 의미가 있었던 걸까. 에구치는 아버지와 마찬가지로 자신도 어머니에게 반해 있었다는 사실을 깨달았다.

2층의 붙박이창에 가리개를 하는 대신에 우선 낡은 문패를 떼어내고, 서툴더라도 직접 쓴 문패를 걸도록 하자. 에구치는 천천히 물을 마셨다.

우삼겹은 갈빗대 부분으로 고기와 지방이 삼겹 정도 층이 진 부분이다. 싼 부위라고 하지만 오랫동안 삶아서 그런지 육질이 부드럽고 맛도 좋았다. 미키코도 다몬도 커다란 고기를 입에 넣고 우물거렸다. 다른 때보다 립스틱을 짙게 바른 미키코의 입술은 기름으로 번들번들 윤이 났고, 입술만 마치 다른 생물처럼 움직이면서 비계를 씹어서 목 안으로 넘기고 있었다.

우牛 삼겹

 방충제 냄새가 온몸에 달라붙어 있다. 집 안 어디를 가도 좇아오는 것 같아서 한자와牛澤는 안절부절못했다.

 냄새의 발원지는 아내 미키코幹子의 외출복이다. 오늘 밤 피로연에 참석하기 위해서 옷장에서 꺼내 벽에 걸어놓고 통풍을 시키는 중이다.

 미키코는 신경과민으로 요리를 할 때 소금과 후추 간을 강하게 하는 경향이 있다. 방충제를 왜 이렇게 많이 넣은 거요. 한마디 하고 싶었지만 피로연이 끝날 때까지 괜한 말은 하지 않는 편이 좋을 것 같았다.

 한자와는 세면대 거울에 비친 자신의 얼굴을 들여다봤다. 쉰 살까지는 아직 몇 년 더 남았는데도 수염이 희끗하게 보이기 시작했다. 그렇지만 흰머리 쪽은 미키코가 빨라서 아마 재작년부터 염색을 하기 시작한 것 같다.

처음 일 년은 염색약을 한자와의 눈에 띄지 않도록 장 속에 잘 치워두었는데, 이번에는 깜빡했는지 세면대 위에 그대로 놓아두었다. 어제쯤 염색했을 텐데, 아마 다른 때보다 정성을 들였을 것이다.

문제는 피로연장에 들어갈 때군. 한자와는 왼쪽 볼을 눌렀다. 연회장 입구에서 신부에게 인사할 때 볼이 실룩거리면 안 된다. 심적 동요를 다른 사람에게 눈치 채이지 않으려 할 때, 한자와의 왼쪽 볼은 주인을 배신하고 실룩거리며 경련을 일으킨다. 미키코가 그 순간을 놓칠 리가 없다.

신부인 오마치 하쓰코大町波津子는 5년 동안 한자와의 비서로 있었다.

남색 사무복을 입고 고개를 숙인 채 타이프를 치는 하쓰코의 마른 어깨와 서류에 사인을 받으러 올 때의 조심스러운 손놀림을 떠올리면 된다. 설에 다른 직원들과 함께 새해인사를 와서 아이들과 놀이를 하던 모습을 떠올리면 된다. 실수로라도 그때의 일을 떠올려서는 안 된다.

작년 이맘때, 하쓰코는 업무 실수가 눈에 띄게 잦아졌다.

특별히 눈치가 빠르지는 않았지만 업무는 딱 부러지게 하는 편이었기 때문에 메시지를 전달하지 않거나 타이프에 오자가 늘어나자, 모르는 척 넘어갈 수가 없었다. 결혼을 약속한 상대에게 차였다는 소문도 있었다.

일을 마친 뒤, 저녁을 사주면서 괜찮으면 사정 이야기를 해보라고 말했다. 하쓰코는 정년 전 나이에 반신불수로 누워 지내는 아버지를 모시는 일, 막판에 상대 남자가 겁을 먹은 것 같다는 일 등을 털어놓았다.

"이제 괜찮아요. 다 끝난 일인데요."

하쓰코는 살짝 웃은 뒤, 스테이크를 어느 정도 익힐 것인지를 묻는 웨이터에게 주문했다.

"레어rare요."

그리고 한자와를 쳐다보고 물었다.

"가장 덜 익힌 게 레어죠?"

"그래. 피가 뚝뚝 떨어지는 고기를 먹고 내일부터 기운 내야지."

하쓰코는 고개를 끄떡였다.

"부장님."

진지한 표정이었다.

"한 가지 부탁드려도 될까요?"

"뭔데?"

"오락실에 같이 가주세요."

하쓰코를 가리키며 한 중역이 이렇게 평한 적이 있다.

'싸구려 히나인형(일본 전통축제인 히나마쓰리에 쓰는 인형—옮긴이) 같은 얼굴을 한 여자.'

한자와의 집에 있는 히나인형은 돌아가신 어머니가 시집올 때 가져온 것이다. 상당히 오래된 것이었기 때문에 싸구려 히나인형을 유심히 들여다본 적은 없었다. 그런데 중역 말을 듣고 보니까 눈, 코, 입, 모두 작고 아담하니 건성으로 만든 것 같았다. 하쓰코의 장점이라고는 고운 피부 결뿐이었고, 히나인형처럼 살이 적고 양장이 어울리지 않는 여자였다.

레스토랑의 어두운 조명 아래에서 히나인형의 외꺼풀을 정면에서 쳐다보자, 의외로 강렬해서 한자와는 거절할 수 없었다.

그날 밤, 하쓰코는 마구 총을 쏴댔다.

100엔짜리 동전을 넣으면 화면에 UFO가 차례로 나타난다. 그 UFO를 맞히는 것인데 하쓰코는 300점이 될 때까지 돌아가지 않겠다며, 한자와에게 가방을 맡기고는 신들린 것처럼 총을 쐈다.

"젠장."

"바보 자식."

총을 쏘면서 중얼거리더니, 닭똥 같은 눈물을 뚝뚝 흘렸다.

차마 그대로 돌려보내지 못하고 근처 펍pub에서 한 잔 했는데, 그 다음엔 뭐가 씌었다고밖에 할 수 없었다.

자정이 넘어서야 집에 들어갔다.

문을 열어준 아내 미키코의 얼굴을 보고 한자와는 소스라치게 놀랐다. 온 얼굴이 적보라색으로 부어올라서 눈이고 입이고 보이지 않았다. 염색약을 바꾸었더니 부작용이 생겼다고 한다. 한자와는 자기 탓인 것 같았다. 지금까지 수차례 바람을 피우기는 했지만, 부하직원과는 처음이었다. 모두 다 술 때문이다. 다음날부터 하쓰코와 눈도 마주치지 않으려 했고 모르는 척 지냈다.

　정확히 일주일이 지났을까.

　하쓰코가 결제를 받으러 들어왔다.

　"다다다다."

　중얼거리고는 자리로 돌아갔다. 얼굴은 평상시의 '싸구려 히나인형'이었다.

　한자와는 하쓰코가 큰딸과 다섯 살밖에 차이가 나지 않는다는 사실을 생각했다. 얼마 전 귀가했을 때 염색약 부작용으로 부어올라 있던 미키코의 얼굴을 떠올렸다. 그래도 발길은 저절로 오락실을 향했다.

　하쓰코는 같은 장소에서 UFO를 맞히고 있었다.

　울고 있지는 않았지만 얄팍한 가슴에 커다란 총을 안고 있는 모습을 보자, 한자와는 그대로 돌아설 수 없었다. 얄팍한 어깨에 손을 얹었다. 지난번과 같은 펍에 갔고 같은 호텔로 향했다.

　거기까지는 같았지만, 그날 밤 한자와의 몸은 생각 같지 않았다.

편치 않은 기분으로 나란히 누워 있는데, 하쓰코가 말없이 한자와의 손을 잡아서 시트 아래의 자기 배로 가져갔다.

맹장 근처에 밀감 씨 크기의 작은 돌기라고 해야 할까, 흉터가 하나 있었다. 손으로 만지게 한 뒤, 하쓰코는 중학교 2학년 봄에 있었던 일을 들려주었다.

당시 학교에서는 레이스 뜨개가 유행했다.

수업 중에도 학생들이 뒷자리에 숨어서 뜨개질을 하자, 학교에서 금지령을 내렸다. 그래도 모두 선생님 눈을 피해서 몰래 뜨개질을 했다. 하루는 청소를 안 하고 뜨개질하는 것을 올드미스 담임선생님에게 들킬 뻔했다. 그래서 허둥대며 치마 주머니에 집어넣고 동시에 바닥에 쭈그리며 걸레질을 하려고 한 순간, 은색 뜨개바늘 끝이 배를 찔렀다.

바로 양호실로 실려 갔지만 시골 양호선생님의 처치가 서툴렀는지, 아니면 체질 탓인지 켈로이드가 남아버렸다고 한다.

"꽈리에 이쑤시개로 구멍을 뚫을 때 푹 하고 소리가 나잖아요. 그거하고 똑같은 소리였어요."

겸연쩍어하는 한자와를 감싸주려고 하쓰코는 자신의 가장 큰 콤플렉스를 털어놓은 것이다. 그날 밤, 한자와는 10년 정도 젊어진 자신에게 놀랐다.

지난번처럼 자정 넘어서 집에 들어갔다.

부기가 거의 가라앉은 얼굴의 아내가 문을 열었다. 한자와의 왼쪽 뺨이 실룩거렸다. 큰일인데, 이러다간 끝이 없겠어. 한자와는 상사에게 슬며시 부서 이동을 내비추었고, 얼마 지나지 않아 하쓰코는 다른 부서로 옮겨갔다. 건물이 달랐기 때문에 좀처럼 마주치는 일은 없었다. 5년 동안 빠짐없이 오던 신년인사도 올해는 오지 않았다.

"하쓰코 씨, 무슨 일이라도 생긴 걸까요?" 도소주(설날에 마시는 세주의 한 가지—옮긴이) 재료를 얇은 종이로 싸서 정리하던 미키코가 한자와의 표정을 살폈다.

"그쪽 부장한테 갔겠지. 다 그런 거요."

웃었다고 생각했는데, 왼쪽 뺨이 실룩거린 것 같았다.

3월이 되어서 히나인형을 장식했다.

밤중에 화장실에 갔다가 거실을 가로질러 침실로 돌아가던 중, 걸음을 멈췄다. 어둠 속에 조용히 늘어서 있는 히나인형의 얼굴은, 그날 밤 한자와의 품속에서 눈을 감고 있던 하쓰코의 얼굴이었다.

3인 궁녀의 오른쪽과 특히 닮아 보였다. 주홍색 아랫도리를 벗겨보고 싶은 충동에 휩싸였다. 이 나이에 주책이지. 스스로 어이없어하며 침대로 돌아갔다. 손가락이 기억하는 밀감 씨 크기의 흉터가 그리웠다. 옆에서 잠들어 있는 미키코의 균형 잡힌 커다란 얼굴이 역겹게 느껴졌다.

갑자기 부부 이름이 나란히 적힌 결혼피로연 초대장을 받았을 때, 한자와의 뺨은 또 실룩거렸다. 새해에는 집에 놀러 오기도 했고 미키코가 스카프 등을 선물한 적도 있었기 때문에 나란히 이름을 적어 보냈다고 해도 전혀 이상한 일은 아니었다. 하지만 다른 부서에 있다는 점을 생각하면 안전편에 찔린 것 같은 기분이었다.

"당신까지 굳이 갈 필요 있겠소?"

자연스럽게 자신의 이름만 봉투에 적으려고 했지만 미키코가 반대했다. 연말에 새로 장만한 옷을 입어보고 싶다는 것이다. 결혼 축하금도 "당신을 많이 도왔잖아요"라며 평소 하던 1만 엔이 아니라 2만 엔을 넣은 점도 한자와의 마음을 무겁게 했다.

괜한 걱정이었다.

피로연장에 들어가기 전에 결혼하면서 그만둔 여직원에게 붙잡혀서 미키코랑 떨어지게 되었다.

중매인 부부, 신랑신부, 부모들이 늘어선 입구에 인사하는 손님들로 짧은 줄이 만들어져 있었다.

하쓰코는 짙은 화장 탓인지 마치 다른 사람처럼 화사해 보였다. 그 끝에 낡은 히나인형 같은 이목구비를 하고 예복을 입은 몸집이 작은 사람은 하쓰코의 어머니일 것이다. 그 앞을 지날 때만큼은 내키지 않았다. 공항에서 비행기를 타기 전에 X선 검색대를 지날 때처럼 부담스러웠다.

"축하합니다."

"축하드립니다."

좀 컸나 싶을 정도로 큰소리로 인사했다. 크게 웃으면서 이야기를 하면 왼쪽 뺨은 떨리지 않는다.

하쓰코는 상냥하게 인사를 받았다.

"전에 모시던 부장님이세요."

옆에 있는 신랑을 올려다보며 한자와를 소개했다.

훤칠한 키에 사람 좋아 보이는 신랑은 흰 턱시도 탓인지 신인 가수처럼 보였다.

자리에 앉았고 신랑신부의 입장이 시작되었다. 박수를 치는 한자와에게 미키코가 얼굴을 들이댔다.

"하쓰코 씨, 임신한 것 같아요. 당신, 눈치 못 챘어요?"

미키코의 귓불 근처에서 향수 냄새가 진하게 풍겼다.

택시 안에서는 진하다고 생각하지 않는데, 연회장에 도착해서 다시 뿌린 것 같았다. 미키코는 가방에 새끼손가락 정도의 병을 넣어가지고 다니다가, 손가락으로 귓가에 다시 바르곤 한다.

"서너 달은 된 것 같은데."

한자와는 대답하고 싶지 않았다.

하쓰코의 텅 빈 지갑 같은 얇은 배가 부풀어서 하얀 풍선이 된다. 맹장 언저리에 있는 밀감 씨 크기의 돌기는 어떻게 될까.

흰 턱시도를 입고 땀을 흘리고 있는 신랑은 그 돌기를 만져봤을까.

한자와는 아직이라는 생각이 들었다.

어두운 거실에서 본 히나인형의 얼굴이 떠올랐다. 한자와는 결혼행진곡을 들으면서 오른손 중지로 자신의 왼쪽 손등을 문지르고 있었다.

미키코는 몸을 앞으로 내밀며 박수를 치고 있다.

눈치 못 챘어, 그래도 어쩌면. 가끔 불안했지만, 괜한 걱정이었던 것 같다. 한자와도 힘껏 박수를 쳤다.

돌아가는 택시에서 한자와는 잠이 들었다.

너무 신경을 쓴 탓인지 취기가 돌기도 했지만, 미키코가 말을 걸까봐 귀찮아서 택시를 타자마자 잠자는 척했다. 그러다가 꾸벅꾸벅 정말 잠들어버렸다.

속도 편하군. 자조적인 생각이 들었다.

"신부도 지금쯤 신칸센 안에서 자고 있겠죠?"

한자와를 깨워 내릴 준비를 시키면서 미키코가 웃으며 말했다.

약간 가슴이 철렁했지만, 그뿐이었고, 더 이상 왼쪽 뺨은 실룩거리지 않았다.

오늘 같은 날은 뜨거운 욕조에 몸을 담그고, 봐도 그만 안 봐도 그만인 텔레비전이라도 본 다음, 자기 전에 술 한 잔 걸치고 일찍 잠자리에 드는 것이 좋다. 그런데 현관문을 열자 뜻밖의 얼굴이 나타났다.

"이제 오나."

대학시절 친구인 다몬多門이었다.

마음이 잘 맞아서 대학시절에는 매일같이 붙어다녔지만, 어느 날부터인가 소원해졌다. 그런데 10여 년 전에 각자 회사에서 이용하는 요정 복도에서 마주쳤고, 반년에 한 번 정도지만 다시 만나게 되었다. 그래도 집에 와서 기다리고 있었던 적은 한 번도 없었다.

"특별히 용건이 있어서 온 것은 아닐세."

근처에 볼 일이 있어서 왔다가 전화를 했더니, 부부동반으로 결혼식에 갔다고 하기에 금방 돌아올 것 같아서 마음대로 들어와 기다리고 있었다고 한다.

"한 잔 하면서 기다렸네."

다몬은 잔을 비우는 흉내를 내며 말했다.

지난 반년 동안 못 본 사이에 다몬이 야윈 것 같아서 한자와는 걱정이 되었다.

"자네 같은 철밥통 직장하고는 달라서 우리는 불경기와 조합이 양쪽에서 협공을 해오지 않나. 그러니 찔 틈이 없다네."

웃어 넘겼지만 눈가의 주름이 검고 깊어 보였다.

그대로 술자리가 이어졌다.

두 사람 모두 이미 한 잔 한 뒤여서 그런지 짧은 시간에 정신 없이 취기가 돌았다.

술을 잘 못하는 미키코도 달콤한 술을 마시면서 두 사람 사이에 끼어 시중을 들었다.

"내가 뭐 빌린 것 없었나?"

갑작스러운 다몬의 질문에 한자와는 생각이 나지 않았다.

예전에는 곧잘 빌리고 빌려주곤 했었다 .

한자와의 지갑이 다몬의 지갑인 때도 있었고 사전 하나를 둘이서 함께 쓴 적도 있었지만, 이제는 더 이상 그런 사이가 아니다.

한자와가 그 사실을 말하자, 다몬은 약간 고개를 끄떡이더니 불쑥 말했다.

"나, 자네 덕에 목숨 건졌잖나."

"너무 사는 게 답답해서 귀찮으니까 죽어버릴까, 하고 생각한 적이 있었네."

한자와는 대충 짐작이 갔다.

25년 정도 지난 일이다.

다몬은 학교를 졸업해서 상당히 좋은 곳에 취직이 결정되었는데, 바로 결핵에 걸리고 말았다.

우선 1년 휴직을 하고 교외 요양원으로 들어갔다. 세간의 관

심을 끌던 신약이 막 출시되었을 무렵이기 때문에 더 이상 죽을
병은 아니었지만, 입사해서 1년도 되지 않았었기에 전선에서 이
탈한 것과 마찬가지 상황이었다.

당시는 한자와의 상황도 그다지 좋지 않았다.

학창시절부터 사귀던 미키코와의 결혼을 한자와의 어머니가
허락하지 않았다.

한때 미키코가 등록금을 벌기 위해 신주쿠新宿의 바에서 아르
바이트를 한 적이 있었기 때문이다.

"새끼손가락을 세우고 차를 마시는 여자는 절대 안 된다."

어머니가 반대하는 이유였다.

화폐개혁(1946년 실시된 제2차세계대전 후의 인플레이션 대책
—옮긴이)으로 어려운 시기에 어머니가 군용담요로 코트를 만
드는 부업을 해서 대학을 다녔기에 한자와는 어머니를 버리고
집을 뛰쳐나갈 용기도 없었다.

보름에 한 번은 미키코와 같이 다몬을 문병 가던 일도 어느새
뜸해지고 있었다.

문병을 가면 다몬은 마치 자신의 일인 양 두 사람의 앞날을 걱
정했고, 한자와의 우유부단한 성격을 책망했다. 딱히 할 일도 없
는 병상에서 그것만이 유일한 보람이었다. 문병이 뜸해진 이유
중 하나는 다몬에게 변명하는 일이 귀찮아졌기 때문이다.

요양원을 찾는 한자와의 발길이 멀어진 뒤에도 미키코는 유일

하게 편을 들어준 다몬을 가끔 찾아갔던 것 같다.

이 일 저 일 있었지만, 한자와는 그 뒤 1년쯤 지나서 미키코와 가정을 꾸렸다. 다몬도 요양원에서 퇴소하여 석 달 정도 하숙집에서 빈둥거린 뒤, 지금의 회사에 다시 들어갔다. 이때가 다몬이 말하는 인생이 칠흑처럼 어두웠던 시기다.

소주 한 되.

문틈을 봉할 테이프 세 개.

구멍 뚫린 양말과 더러워진 팬티는 보자기에 싸서 목욕탕 가는 길에 시부야가와澁谷川 강에 던져버렸다.

이제 하숙집에 돌아가서 소주를 마시며 문과 창문 틈새를 테이프로 막고 가스밸브를 열기만 하면 된다. 그런데 문득 한자와에게 빌린 책 한 권이 떠올랐다.

"'반납바람'이라고 속표지에 빨간 색연필로 쓰인 책을 다른 사람한테 다시 빌려줬던 게 생각났다네. 다이칸야마代官山까지 찾으러 가서 자네 집에 돌려주러 갔지."

한자와는 산켄자야三軒茶屋에 살고 있었다. 다몬은 책을 들고 어둡고 좁은 뒷골목을 골라서 걸었다.

도쿄 거리는 아직 어두웠다. 불 탄 흔적도 아직 남아 있었다. 해가 잘 들지 않는 불 타다 남은 집에서 아기 울음소리가 들렸다. 욕조 물을 버렸는지 물때가 섞인 따뜻한 김이 하수구 널빤지 사이에서 모락모락 올라왔다.

"그 냄새에 진 거지. 정말 가슴이 벅차올랐네."

죽는다는 것이 바보 같아졌어. 다몬은 남의 일처럼 말하더니, 한자와의 빈 잔에 위스키를 따랐다.

미키코가 후 하고 긴 숨을 한꺼번에 내쉬더니 일어나서 창문을 열었다.

그때도 창문이었다. 밖에서 다몬은 창문을 똑똑 두드렸고 창문을 연 한자와에게 말없이 책을 내밀더니 그대로 돌아갔던 것 같다.

미키코와의 결혼비용 문제로 머리가 꽉 차 있었기 때문에 책을 돌려주러 온 친구의 표정은 살필 여유가 없었다.

"책 이름, 잊어버렸지? 노가미 도요이치로野上豊一郎의 『서양견학』이었네. 안에 고야Goya의 투우 데생이 한 장 들어 있었어."

한자와는 역시 생각나지 않았다.

부엌에서 음식 냄새가 흘러나왔다.

저녁 준비를 하러 미키코가 부엌으로 간 뒤, 다몬은 아무 말 없이 창문을 통해 좁은 마당을 바라보고 있었다.

당시의 미키코는 상당히 말라 있었다.

남자고 여자고 모든 일본인이 말라 있었지만, 미키코는 유난히 마른 모습이었다. 미키코는 그 무렵 유행하던 흰 샤크스킨의

슈트를 입고 있었다. 다른 옷이 없었는지, 가장 멋진 모습을 한 자와에게 보이고 싶었던 건지 모르겠지만, 목덜미가 회색빛으로 때가 타도 그 옷을 입고 있었던 적이 있다.

어느 날, 하얀 치마 뒤쪽에 녹색 얼룩이 져 있었다.

"잔디에 앉아서 수다를 떨었더니 물들어버렸어요."

앉아만 있어도 저 정도로 파랗게 물이 들까. 들고 있던 소가죽 핸드백의 손잡이도 떨어져 있었는데, 서툴게 붙여 놓은 것이 눈에 띄었다.

"친구네 셰퍼드가 장난치면서 잡아당겼어요."

웃으면서 설명했지만, 셰퍼드는 다몬이 아니었을까. 밤중에 요양원 병실을 빠져나가 수풀 속에서 밀회를 즐기는 환자가 있다는 말을 들었기 때문일까.

다몬이 책을 돌려주러 왔을 때는 그로부터 얼마 지나지 않아서였던 것 같다.

미키코가 김이 모락모락 나는 큰 그릇을 들고 들어왔다.

큼지막하게 자른 고기 무조림이었다.

"애를 심부름 보냈더니 잘못해서 우牛삼겹을 사왔지 뭐예요. 입맛에 안 맞으실지도 모르지만."

우삼겹은 갈빗대 부분으로 고기와 지방이 삼겹 정도 층이 진 부분이다. 싼 부위라고 하지만 오랫동안 삶아서 그런지 육질이 부드럽고 맛도 좋았다.

미키코도 다몬도 커다란 고기를 입에 넣고 우물거렸다. 다른 때보다 립스틱을 짙게 바른 미키코의 입술은 기름으로 번들번들 윤이 났고, 입술만 마치 다른 생물처럼 움직이면서 비계를 씹어서 목 안으로 넘기고 있었다.

기운 없어 보이던 다몬도 윤기 때문인지 입속은 생고기처럼 붉어 보였다.

"쇠고기는 참 신기하단 말이야."

다몬이 고기를 씹으며 말했다.

"풀만 먹는데도 어떻게 이런 고기와 지방이 되는지 말일세."

"그러고 보니……."

미키코가 기름으로 번지르르한 입술을 손등으로 닦으면서 말했다.

"돼지비계보다 소비계가 씹을수록 맛이 나네요."

쇠고기가 깊은 맛이 있고 씹는 느낌이 있다는 말을 하면서 세 사람은 고기를 먹었다.

아무 일 없이 평온하게 묵묵히 풀을 먹는 것 같은 일상들이었는데, 돌아보면 쫄깃한 고기와 지방층이 되어간다. 어깨, 가슴, 허리, 모두 얄팍한 하쓰코도 앞으로 20년이 지나면 미키코가 된다. 미키코가 아무 말도 안 하는 것처럼 틀림없이 하쓰코도 아무 말도 하지 않고 나이 들어갈 것이다.

"나, 다음 주에 병원 좀 들어가네."

다몬이 위 전문병원에서 검사를 받는다고 했다.

"그런데 이런 고기 드셔도 괜찮으세요?"

다몬은 대답 대신에 고기를 집어들었다.

25년 전에 『서양견학』을 돌려주러 와서 목숨을 건진 다몬은 오늘 밤에는 무엇을 돌려주러 온 것일까. 단순히 길흉이라도 점치는 기분으로 온 것일까. 한자와도 열심히 고기를 씹었다.

"맨해튼." "맨해튼." 생쥐가 온종일 작은 쳇바퀴를 돌리는 것처럼, 무쓰오 속에서 소리를 내며 돌고 있었다. 울리는 느낌이 좋기 때문일까. 뭐든지 몸속에서 소리가 나기를 바랐던 걸까.

맨해튼

아내가 집을 나간 뒤, 무쓰오睦男는 많은 사실들을 알게 되었다.

빵은 3일만 지나면 딱딱해진다. 식빵은 일주일이면 푸른곰팡이가 피고, 바게트 빵은 한 달이면 몽둥이로 변한다.

우유는 냉장고에 넣어도 일주일이면 상하려고 한다. 냉장고에서 녹색 물이 들어 있는 비닐봉지가 나왔다. 녹색 아이스크림을 산 적은 없었다. 열심히 머리를 쥐어짠 끝에, 3개월 전에 집을 나간 아내 스기코杉子가 넣어둔 오이라는 사실을 알았다.

오이는 97퍼센트인가, 98퍼센트가 수분이라고 중학교 때 배운 적이 있다. '정말 그렇구나' 하고 새삼 감탄은 했지만, 그 뒤로는 냉장고 문을 열기가 무서워졌다.

심야영화를 보다가 거실 소파에서 잠이 들어 새벽녘에 텔레비전의 지지직 하는 소리에 눈을 뜬다. 더블침대에서 눈을 뜨면 팔이나 몸이 옆자리를 더듬는 습관이 있다. 그게 싫어서 거실에서 자는 버릇이 생겼다.

불편한 자세로 자면 이내 몸의 관절이 뻐근해진다. 관절을 똑딱거리면서 몸을 풀고 있으면, 아파트 우편함에 거칠게 조간신문을 집어넣는 소리가 들린다. 담배를 피우면서 구입계획도 없는 아파트 정보나 '광어 낚는 비법 5가지'라는 낚시 정보까지 모조리 읽는다. 남자 구인란 등에는 절대로 눈길도 주지 않는다.

다시 소파에 벌러덩 누워서 거의 점심시간이 될 때까지 꾸벅거린다. 11시가 되면 일어나서 세수를 한다. 하얀 치약 거품이 튀어 얼룩진 거울에 서른여덟 살 백수 남자의 부은 얼굴이 보인다. 공기가 탁해지고 시간까지 썩어버릴 것 같다.

11시 반이 되기를 기다렸다가 샌들을 대충 발에 끼우고 근처 하루키켄陽來軒에 가서 가타야키소바(바싹 튀긴 메밀국수에 소스 등을 끼얹은 것—옮긴이)를 주문한다. 가타야키소바는 입천장을 찔러서 먹기 쉽지 않다. 먹기 힘들지만 자신을 괴롭히는 것 같아서 기분이 좋다. 가끔은 다른 음식을 주문할까도 싶지만 자리에 앉으면 어느새 가타야키소바를 주문하고 있다.

최근 한 달 동안 똑같은 하루의 반복이다.

지금 무쓰오에게 덤비는 것은 하루키켄의 가타야키소바뿐이다. 가타야키소바를 먹을 때만 살아 있고 나머지 시간에는 죽은 사람과도 같았다 .

어머니가 남겨주신 아파트 수입이 있기 때문에 당장 생활이 어려워지는 일은 없겠지만, 실업수당이 나오는 동안 새로운 직장을 찾아야 했다. 그렇다고 해서 이전보다 더 좋은 조건의 직장이 있을 리 만무하다. 사무직 샐러리맨은 특기가 없기 때문에 딴 일을 하려 해도 해내기 힘들다.

이쑤시개를 물고 책방에 들러 주간지를 한 권 사서 천천히 집으로 향했다. 가게 유리창에 호리호리한 무쓰오의 그림자가 비쳤다. 부엌 벽에 세워둔 딱딱해진 바게트와 똑같은 모습이다.

"당신 같은 사람을 무기력 체질이라고 하는 거예요."

집을 나간 스기코가 종종 하던 말이다.

이쑤시개가 어금니 신경을 건드렸나 보다. 머리끝이 쭈뼛할 정도로 아프다.

헤어지기 전에 충치 치료는 해둘 걸 그랬군. 그러다가 자신이 생각해도 쩨쩨한 것 같아서 웃음이 나왔다. 이러니 아내가 도망을 가지.

스기코는 치과 의사다.

미인이지만 계산적인 여자였다.

손님이 와서 초밥을 주문할 때가 있다. 손님이 그것을 남기면 스기코는 피조개나 문어 같은 위에 얹어진 것들만 모두 먹어버렸다. 비싸고 영양가도 풍부해서 버리긴 아깝다고 했다. 이유가 그렇더라도 검은 초밥통에 하얀 밥만 일고여덟 개 남은 것을 보면 어쩐지 치사해졌다. 그녀에게 반해 있을 때는 성스럽게 보였던, 콧날이 오뚝 선 얼굴까지 천해 보였다.

스기코는 이것저것 지시하는 것을 좋아했다.

무쓰오가 커피를 블랙으로 마시려고 하면, 위에 안 좋다며 반드시 설탕 한 스푼을 넣게 했다.

그래서 새벽녘에 그런 꿈을 꾼 것 같다.

무쓰오는 복도를 걷고 있었다.

건물은 빌딩 같기도 하고 아파트 같기도 했다. 노크를 하고 문을 열자, 텅 빈 방 한가운데에서 무쓰오가 스기코에게 충치 치료를 받고 있었다. 목에서부터 아래까지 천으로 덮여서 하얀 천막을 친 것 같았다. 그 순간 무쓰오는 치료를 받고 있는 무쓰오와 바뀌었다.

기계 이름은 모르지만, 드르륵 거리며 이에 구멍을 뚫는 기계 끝에서 그래뉼당이 나왔다. 그래뉼당은 무쓰오의 입 안에서 넘쳐흘러서 목에서 바닥까지 하얀 천막처럼 커다란 삼각형을 이루었다.

아프고 달고 입이 얼얼했다.

무쓰오는 어느 틈엔가 복도에 서서 바라보던 무쓰오와 다시 바뀌었다. 무쓰오를 치료하는 사람은 스기코가 아니었다. 다른 치과 의사인 이나다稲田였다. 일 년쯤 전에 진료소에서 근무하던 스기코를 자신이 운영하는 현대적인 덴탈 클리닉으로 스카우트해간 남자다. 소개받아서 딱 한 번 만났을 뿐인데도 굵고 짧은 정력적인 목과 새끼손가락에 낀 금반지가 기억났다. 그때 스기코가 이나다에게 이상하리만치 공손했던 것도 지금 생각해보면 이해가 갔다.

그래뉼당은 칙칙 소리를 내며 무쓰오의 목 아래에서 반짝이는 턱받이가 되어 하얀 피라미드를 만들고 있다. 아야, 아야. 순간 눈이 떠졌다. 켜진 텔레비전이 하얀 줄무늬를 반짝이며 같은 소리를 내고 있었다.

무쓰오는 길 가장자리로 걸었다.

모르타르 벽에 어깨가 스칠 정도로 걸었다. 실직한 사람은 길 한가운데를 걸으면 안 된다고 생각하는 것은 아니지만 길 가장자리를 걷고 싶었다.

가타야키소바뿐만 아니라, 일단 마음먹으면 한동안은 그대로 해야지만 마음이 편했다.

하루키켄에서 나와 책방에 들러서 주간지를 한 권 산 뒤, 다른 날과 똑같은 길을 걸어서 아파트로 돌아간다. 곧바로 부엌으로 가서 벽에 세워 둔 바게트가 얼마나 딱딱해졌는지 확인한 뒤, 물을 한 잔 마신다. 그리고 소파에 누워서 주간지를 처음부터 읽다가 7시 뉴스 시간이 되면 맥주를 마시기 시작하고 가게에 음식을 배달시키는 것이 하루 일과였다.

그런데 그날은 뜻대로 되지 않았다. 평소 다니던 길을 트럭이 막고 있었다. 어느 가게가 공사를 하는지 부서진 낡은 목재를 들어내고 있었다. 큰길에서 한 블럭 안으로 들어간 좁은 길인 데다가 흙먼지도 심하기 때문에 다른 길로 돌아가면 되었지만, 무쓰오는 그 길을 지나가고 싶었다. 지나가겠다고 일단 결심을 했으면 어떻게 해서든지 지나가고 싶었다. 여기서 뜻을 꺾으면 마지막 자존심은 무너져버린다.

눈을 반쯤 감아 먼지를 피하면서 무쓰오는 여기가 어제까지만 해도 고로케 가게였다는 사실이 생각났다. 초로의 노부부 둘이서 하던 가게인데, 무쓰오는 아내가 갑자기 집을 나간 뒤 가끔 이용하고 있었다.

바로 어제, 아니면 그제까지만 해도 문 닫을 낌새는 전혀 보이지 않았다. 해체나 개축공사는 아내를 정부에게 빼앗긴 남편과 마찬가지다. 알아차렸을 때는 이미 상당히 진행되어 돌이킬 수 없다.

"이제 어떻게 되는 거죠? 새로운 가게가 생긴대요?"

무쓰오는 해체 지시를 하고 있는 남자에게 물었다. 남자는 말 없이 공사허가를 나타낸 표지판을 두드렸다.

'맨해튼.'

가게 이름이 적혀 있었다.

"사람 말 좀 똑바로 들어요."

별거를 하게 되면서 스기코의 립스틱 색이 진해졌다. 찻집에서 마주앉자, 대여섯은 젊어 보였다. 말투는 단호했지만 행동에는 교태가 흘렀다. 새 남자에게 보여주는 표정이 헤어지기로 한 남편 앞에서도 드러났다.

회사가 망해서 싫어진 게 아니에요. 새 직장을 찾기 위해서 아무런 노력도 하지 않는 태도를 이해할 수 없어서 이러는 거예요.

시어머니가 돌아가시고 모두 잘될 줄 알았는데, 오히려 성격 차이가 드러나버렸네요.

아이가 없어서 오히려 잘됐어요.

전부 다 듣고 있다. 그런데 어디선가 다른 목소리가 들렸다.

"맨해튼." "맨해튼."

처음에는 느릿하게 끊임없이 돌아가는 테이프 같았다.

'맨해튼'은 스낵바였다. 카운터 중심으로 열두세 명 들어가면 꽉 차는 아담한 가게인 것 같았다.

무쓰오는 아침에 눈을 뜨면 공사 진척상황을 보러 갔고, 점심 때도 들여다봤고, 저녁 무렵에 다시 보러 가야만 마음이 놓였다. 돈을 별로 안 들이는 모양인지, 반나절이면 놀랄 정도로 모양이 바뀌었다.

왜 이렇게 집착하는 걸까.

'맨해튼'이라는 이름에 어떤 특별한 기억이나 추억이 있는 걸까. 아무리 생각해도 별다른 이유는 없었다.

"맨해튼." "맨해튼."

생쥐가 온종일 작은 쳇바퀴를 돌리는 것처럼, 무쓰오 속에서 소리를 내며 돌고 있었다. 울리는 느낌이 좋기 때문일까, 뭐든지 몸속에서 소리가 나기를 바랐던 걸까.

쳇바퀴가 도는 동안은 회사가 문을 닫은 일, 스기코가 무기력 체질이라고 말한 일, 아내가 도망갔다고 수군거리는 아파트 주민들의 시선도 잊을 수 있었다.

하루키켄에서 가타야키소바 대신에 냉라면을 주문하게 되었다.

매일 밤은 아니지만 잠옷으로 갈아입고 침대에서 자게 되었다. 새벽녘에 눈을 떴을 때 옆자리에 팔을 뻗기도 했지만, 꿈속의 '맨해튼'을 끌어안고 있는 기분이었다.

서류와 짐은 나중에 다시 이야기하기로 하고 스기코는 자리에서 일어났다.

"취직은 아직이에요?"

스기코가 한심하다는 것처럼 말하며, 이보란 듯이 전표를 집어도 아무렇지 않았다. 천 엔 정도 되는 커피 값은 누가 내도 상관없었다. 이제 이틀만 지나면 '맨해튼'이 오픈을 한다.

돌아가는 길에 무쓰오는 '맨해튼'에 들렀다. 막바지 인테리어 공사가 한창이었다. 어느새 친해진 일꾼들이 오늘 밤은 철야작

업을 해야 할 것 같다고 알려줬다.

"수고가 많으시네요. 야참이라도 갖다 드릴까요?"

"미안한데, 됐어요. 마담이 야참을 가지고 올 거예요."

벽지를 바르던 나이가 많아 보이는 일꾼이 대답했다.

"그렇군요. 여기에 마담이 있군요."

마담은 미인이에요? 물어볼까 했지만, 서두를 필요는 없었다. 그 즐거움은 개점일을 위해서 남겨두기로 하고 몸을 반쯤 들이밀었던 가게에서 나왔다.

나오자마자, 갑자기 뭔가에 얻어맞고 길바닥에 주저앉아버렸다.

'맨해튼' 간판을 달던 일꾼이 무쓰오의 머리에 작은 공구를 떨어뜨렸던 것이다.

잘못 맞았으면 일이 커졌겠지만, 다행히 상처는 머리 옆을 스친 정도였다. 상처가 깊지 않았는데도, 머리를 감싼 손가락 사이로 붉은 피가 한 줄기 흘러내렸다. 근처 병원에서 뇌파를 찍고 만약을 위해서 하룻밤 입원하기로 했다.

곧바로 현장책임자가 찾아왔다.

우선 사과는 했지만 상관없는 사람이 가게를 들여다보고 나갈 때 생긴 사고라는 점을 거듭 확인한 뒤 돌아갔다. 만약의 경우에 대비하는 것이겠지만, 무쓰오에게는 어떻든 상관없는 일이었다. 빨리 혼자 있게 해달라고 말하고 싶었다.

솔직히 가벼운 부상이었다는 점이 유감스러울 정도였다. 차라리 쇠망치라도 떨어져서 머리가 박살이 났다면, '맨해튼'과 함께 운명을 달리할 수 있었을 텐데 말이다.

조금 있으면 마담이 온다. '맨해튼'의 마담이 문병을 온다. 우연이기는 했지만, 무쓰오는 다른 어떤 손님보다도 '맨해튼,' 즉 마담과 특별한 관계를 맺을 수 있게 되었다.

무쓰오 속의 생쥐는 전에 없이 큰 소리로 쳇바퀴를 돌리고 있었다.

"맨해튼." "맨해튼."

기대와는 다르게 마담은 눈에 띄는 외모가 아니었다. 뽀빠이의 애인으로 손과 발이 철사세공처럼 가늘고 긴 올리브라는 여자가 있는데, 그녀를 두어 번 작게 만든 것 같았다.

나이는 서른 살 안팎 정도 되어 보였다. 피부도 까무잡잡했다.

그녀는 심야슈퍼에서 겉만 번드르르하게 포장해온 과일바구니를 침대 머리맡에 두고, 같은 방 환자의 자식쯤 되어 보이는 아이가 들여다보자 웃어 보였다.

"자제분이세요?"

"아내도 없는데, 자식이 있으면 큰일이죠."

어머? 마담은 약간 놀란 표정이 되었다.

"어때? 첫날 느낌은?"

"아마, 판매성공 아닐까요?"

영업사원 시절, 부장님과 주고받던 대화가 갑자기 떠올랐다.

"맨해튼." "맨해튼."

생각대로 만사가 척척 진행되고 있다.

그날 밤, 무쓰오는 딱딱한 병원 침대에서 3개월 만에 잠을 푹 잤다.

'맨해튼'의 개점 날, 무쓰오는 최고로 귀한 대접을 받았다.

머리에 감은 붕대의 효과가 있었다. 무쓰오도 자신의 가게라는 기분이 들었다.

이제 막 오픈한 가게는 여러 가지로 부족한 것 투성이었다.

전표를 쓸 사인펜이 없다고 하면 무쓰오는 문방구로 달려갔고, 밤늦은 시간에 레몬이 부족하다는 말을 들으면 잠자리에 든 과일가게 주인을 깨워서라도 레몬을 몽땅 사가지고 왔다.

무쓰오는 매일 밤 '맨해튼'을 찾았다.

닷새가 지나자 붕대를 풀어서 아쉬웠지만, 그 효과는 사라지지 않고 단골 중에서도 특별대우를 받았다.

무쓰오도 그 대우에 최선을 다해서 보답했다.

"이 의자도 나쁘진 않은데 엉덩이가 아프네."

단골인 핫타八田라는 중년남자가 불평을 했다. 죄송합니다. 마담이 사과하는 소리를 듣자, 무쓰오는 자신의 아파트로 한 달음에 뛰어가서 딱 알맞은 크기의 쿠션을 가지고 왔다.

"좀 허전하다 했더니 벽이 하나 비어서 그런가."

핫타가 일부러 말을 더 해본다.

"죄송해요. 그림은 비싸거든요."

마담이 사과하는 소리를 뒤로 하고, 무쓰오는 다시 아파트로 뛰어갔다.

거실에 걸어둔 석판화를 안고 '맨해튼'으로 돌아와서는 말없이 못을 박고 벽에 걸었다.

핫타가 말하는 대로 액자 오른쪽을 올리며 균형을 맞추는 무쓰오의 등에 마담이 몸을 기댔다.

올리브도 그런대로 괜찮았다. 무쓰오는 마담이 자신과 마찬가지로 소화기능이 약하고 무기력 체질이라는 점이 마음에 들었다.

마담은 스기코처럼 손님이 남긴 초밥에서 위에 놓인 것만 먹어버리는 짓은 하지 않을 것 같았다.

해질녘, 무쓰오는 아직 어두워지기 전에 아파트를 나와서 '맨해튼'으로 향했다.

전처럼 가장자리 길을 걷지 않는 무쓰오의 호리호리한 그림자가 약간 앞으로 기울어져서 걸어갔다. 구부정한 바게트와 올리브가 서로 얽히면 아주 잘 어울릴 것 같았다.

한 달 동안 계속 '맨해튼'에 드나들다 보니, 손님이 없을 때는 사적인 이야기를 나누게 되었다.

치과 의사인 아내에게 다른 남자가 생겨서 집을 나가버린 일, 회사가 망했지만 어머니가 물려주신 아파트의 임대 수입이 있기 때문에 서두르지 않는 일 등을 창피함을 무릅쓰고 솔직하게 털어놓았다. 그러다가 마침내 골목에서 두 번째 블럭 뒤에 있는 무쓰오의 아파트에 레코드를 들으러 오겠다는 약속을 받아냈다.

문 닫을 시간까지 버텼지만, 역시 단골인 핫타가 돌아가지 않고 있었다. 하는 수 없이 아파트로 돌아갔는데, 문을 두드리는 소리가 들렸다.

주변을 의식하는 것처럼 망설이는 노크 소리다. 목욕을 하려고 속옷만 입고 있던 무쓰오는 일단 대답부터 해놓고는 서둘러 바지를 입고 장난 삼아 세워둔 호신용 바게트를 벽장에 발로 차 넣은 후, 문을 열었다.

마담이 서 있을 것이라고 생각했는데, 아무도 보이지 않았다. 막상 오긴 했지만 돌아간 것 같았다. 괜찮아, 여기까지 왔다면 이제 시간 문제야, 무기력 체질끼리 천천히 가자.

"맨해튼." "맨해튼."

한때는 강렬했던 환희의 대합창도 이제는 만족했는지 차분하게 바뀌었다.

무쓰오는 짐 때문에 스기코와 말다툼을 했다.

내 그림 어떻게 했어요? 스기코가 추궁했다. 10년이나 함께 살다 보면 엄격하게 누구 것이라고 구분 짓기 어려워진다. '맨해튼'에서 도로 가져오는 일은 간단하지만, 그러면 기껏 맺기 시작한 열매를 따버리게 될 것 같았다.

무쓰오가 변상하겠다고 하자, 스기코가 빤히 쳐다봤다.

"어디로 가져갔어요?"

언젠가 본 적이 있는 캐묻는 눈초리다. 20여 년 전에 젊은 여자와 바람나서 집을 나간 아버지를 바라보던 어머니의 눈빛이었다.

아버지도 곧잘 집에 있는 물건을 가지고 나갔다. 족자. 탈. 신형 라디오.

무쓰오는 그림을 가져다준 상대를 질투하는 듯한 스기코의 표정에서 새 남자와 잘 안 되고 있다는 걸 느꼈다.

직장도 찾을게. 다시 시작하지 않을래?

말을 하면 다시 예전으로 돌아갈 수 있을 것 같았지만, 무쓰오는 말없이 이혼서류에 도장을 찍었다.

"맨해튼." "맨해튼."

생쥐는 천천히 쳇바퀴를 돌리고 있었다.

구직도 마담과의 관계도 어정쩡한 상태로 석 달이 지나갔다.

월요일엔 비가 왔지만, 일요일에 만나지 못한 시간만큼 일찍 '맨해튼'으로 향했다. 그런데 가게 문이 닫혀 있었다.

돈을 떼인 술집과 고깃집 주인이 가게 밖에서 집주인과 큰 소리로 이야기하고 있었다. 계약 건으로 실랑이도 있었기 때문에 야반도주하는 식의 폐업이었다.

이때 무쓰오는 핫타가 마담의 남편이라는 사실을 처음 알았다. '맨해튼'은 핫타의 이름에서 따온 것이었다.

"맨해튼." "맨해튼."

무쓰오 안에서 온종일 쳇바퀴를 돌리던 생쥐는 죽어버렸다.

아파트에 돌아가서 소파 깊숙이 몸을 묻고 있는데, 충치가 욱신거리기 시작했다.

똑똑. 누군가가 문을 두드린다.

주변을 의식하는 것처럼 망설이는 노크 소리다. 마담이다, 그림을 돌려줄 겸해서 사과하러 온 거야.

문을 열자 처음 보는 노인이 서 있었다.

"우산 고쳐드립니다."

이상하리만치 당황한 목소리였다.

거절하고 문을 닫았다. 밤에 우산을 고치러 다닌다는 사람이 있다는 말은 들어본 적이 없는데, 저러면서 빈집을 털려는 게 아닐까. 순간 앗 하고 무언가가 뇌리를 스쳤다.

어디선가 본 적이 있는 얼굴이었다.

현관 근처에 세워둔 바게트처럼 갈색으로 딱딱하게 굳은—
20년 전에 집을 나간 아버지가 아닌가.

똑똑. 또 문을 두드린다.

들은 적이 있는 노크 소리였다.

주변을 의식하는 것처럼 망설이는, 언젠가 마담이라고 확신했
던 그 노크 소리도 아버지였던 걸까.

여자에게 버림받은 걸까, 돈을 빌리러 온 걸까.

문을 열면 들어온다. 들어오면 소파를 차지하고 앉아서 하루
종일 텔레비전을 보고 점심에는 가타야키소바를 먹고……

돌아가신 어머니가 종종 이야기했다.

"넌 어쩌면 그렇게 네 아버지 그대로니."

노크 소리는 계속되었다.

스니커즈를 신은 남자 발이 보였다. 지나치다 싶을 정도로 커다란 **개집**에 몸을 박은 채 가쓰는 코를 골며 기분 좋게 자고 있었다. 홧김에 술을 마시고 개집에 들어가 잠들어버린 것이다. 깨워주나 봐라. 지나가려다가 발밑에 구르는 수면제 병을 보고 이번에는 정말로 그 자리에 얼어붙었다.

개집

몸이 힘들어져서 그런지, 다쓰코達子는 어느 승객이 다음 역에서 내릴 건지 구분할 수 있게 되었다.

앞으로 석 달쯤 지나면 자연히 배가 나오기 때문에 앉기 위해서 일부러 애쓰지 않아도 자리를 양보받을 수 있다. 지금이 가장 불리한 시기다.

차량마다 설치된 스피커에서 깨질 듯한 목소리로 다음 정차역을 안내하기 시작하면, 다쓰코는 손잡이를 잡은 채 앉아 있는 사람들의 눈을 살펴본다. 무표정하게 앉아 있는 것 같지만, 내리려는 사람들에게는 특유의 표정이 있다는 사실을 알게 되었다.

전차는 상당히 빠른 속력으로 달리고 있었지만, 승객들 자신이 움직이거나 달리지 않아서 그런지 표정은 정지되어 있었다. 그런데 내릴 역이 다가오면 눈이 먼저 움직였다. 재빨리 그 사람의 약간 옆쪽으로 가서 서면 백발백중 앉을 수 있었다.

일요일 저녁 시간대라서 전차 안은 사람들로 붐볐다. 다쓰코는 언제나 하던 방법으로 자리에 앉았지만 굳이 서두를 필요는 없었다. 그 역은 상당히 큰 환승역이어서 나들이 나왔던 가족 단위의 사람들이 썰물 빠져나가듯이 내렸고, 무더운 전차 안은 시원한 바람이 들어올 수 있을 정도로 여유가 생겼다.

맞은 편 자리에 아이와 부모가 앉아 있었다.

젊은 부부와 다섯 살 정도의 남자아이였다. 아이를 가운데 앉힌 세 사람은 목뼈가 부러진 것처럼 고개를 폭 숙이고 잠들어 있었다.

평소에는 알뜰살뜰 살지만 아이가 졸라대자 한껏 멋을 내고 동물원 구경을 나갔다가 돌아가는 길 같았다. 유난히 고급스러운 카메라가 눈에 띄었는데, 카메라를 잡고 있는 남자의 손은 펜을 잡는 일이 아니라 몸을 써서 일하는 사람의 것이었다.

다쓰코와 비슷한 나이 또래로 서른이 되려면 2, 3년은 있어야될 것 같은 아내는 무릎을 벌려서 마름모꼴의 다리 모양을 한 채 잠들어 있었다. 통통하니 낙천적으로 보이는 여자다.

임신했구나. 다쓰코는 바로 알아챘다.

다쓰코는 임신을 한 뒤, 앉고 싶다는 일념에서 내리려는 사람을 금방 분별할 수 있게 되었을 뿐 아니라, 자신처럼 임신한 여자도 금방 알 수 있게 되었다.

우리 집이랑 같네.

산달은 저 여자가 한두 달 빠를지 모르겠지만 남편과 아들 나이도 다쓰코네와 거의 같아 보였다. 단지, 다쓰코의 남편은 집에서 자고 있다는 점만 달랐다.

대학병원 마취과에서 근무하는 남편은 직업상 긴장을 많이 해서 그런지, 수술이 있는 주의 일요일에는 그야말로 마취제라도 투여한 것처럼 하루 종일 집에서 잠만 잤다. 다음에 가자며 하루하루 미루다 보니, 다섯 살이 된 아들은 아직 팬더도 보지 못했다.

손잡이를 잡고 흔들거리는 사람들 사이로 보였다 안 보였다 하는 가족을 다쓰코는 바라보았다. 우리 집과 저 집 중 어느 쪽이 더 행복하다고 할까.

신호대기에 걸렸는지 역을 막 출발한 전차가 갑자기 멈춰 섰다. 건너편에서 자고 있던 남편 쪽이 놀란 듯이 고개를 들더니, 내릴 역을 지나쳤다고 생각했는지 창밖을 내다봤다.

다쓰코는 하마터면 소리를 지를 뻔했다.

가쓰カツ였다.

바로 그 우오토미魚富의 가쓰였다.

다쓰코는 자신도 모르게 앞에 서 있는 사람 쪽으로 얼굴을 가렸다. 자리에서 일어나 옆 차량으로 옮기려고 하다가 오히려 눈에 띌 것 같아서 그대로 앉아 있기로 했다.

가쓰가 다쓰코의 친정을 들락거리게 된 것은 다쓰코가 아직 전문대에 다니고 있을 때였다. 그렇다면 거의 10년 전 일이다.

당시 기르던 가게토라影虎라는 아키타견秋田犬을 끌고 저녁 산책 겸 장을 보러 나갔는데, 가게토라가 우오토미 가게 앞의 그릇에 수북이 쌓인 오징어 다리를 잡아당겨버렸다.

순식간에 오징어가 길바닥에 내동댕이쳐졌다.

다쓰코는 개를 야단쳤고 주인아주머니와 가게 청년에게 사과를 했다.

"오징어 먹으면 큰일 난단다."

개를 좋아하는 것 같은 청년이 말하더니, 중간 크기의 고등어인가 뭔가의 내장을 휙 하고 빼낸 다음 개에게 주었다.

제대로 교육을 시키지 않은 탓에 가게토라는 순식간에 생선을 먹어치웠다.

다쓰코는 사과와 감사의 인사를 하고 개를 끌고 집에 돌아가는데, 집에 거의 다 와서 가게토라가 갑자기 이상해졌다.

엉덩방아를 찧은 듯이 털썩 주저앉아 이상한 신음소리를 냈다. 다쓰코가 아무리 야단을 쳐도 꼼짝하지 않더니, 입에 거품을 물기 시작했다.

이웃집의 도움으로 간신히 집으로 끌고 들어갔지만, 버둥거리며 괴로워하는 모습을 보니 예삿일이 아니었다. 등나무 시렁에 묶어두고 수의사에게 왕진을 청해서 주사를 두 세대 놨더니, 가게토라는 녹기 시작한 생선을 툭 토해냈다. 그 생선 배 속에서 미니카 크기의 장난감 같은 복어가 한 마리 튀어나왔다.

그날 밤 늦게 우오토미의 청년이 사과하러 찾아왔다. 개는 복어를 토해내자 거짓말처럼 멀쩡해졌다. 하지만 사정이 사정인지라 일을 복잡하게 할 생각은 없더라도 일단 알려야 할 것 같다며 다쓰코의 아버지가 우오토미에 전화를 했던 것이다.

청년은 현관 바닥에 머리가 닿을 듯이 사과를 했다.

원래는 주인아주머니가 같이 오려고 했지만 주인아저씨 상태가 다시 안 좋아져서 못 왔다면서 커다란 광어 바구니를 사과의 뜻으로 가져왔다.

우오토미는 초로의 부부가 하고 있었는데, 주인아저씨가 신장이 안 좋아졌다고 한다. 그러고 보면 주인아저씨는 회를 뜰 때만 일어나서 일을 했고, 다른 때는 마루 끝에 걸터앉아서 창백한 얼굴로 오가는 사람들을 바라보며 담배만 피우고 있었다. 결국에는 2층에서 누워 지내게 되었고 청년이 대신 일하게 되었다.

주인아주머니의 먼 친척뻘이라는 청년은 키가 훤칠하니 멋이 있었다. 청년이 고무 앞치마가 아닌 멋들어진 점퍼 모습으로 바뀌어서 현관에 나타났을 때, 다쓰코는 대학에 다니는 오빠 친구라고 착각했을 정도다.

청년은 지겹도록 사과를 하고 겨우 돌아갔다.

"죄송합니다."

현관문을 잠그는데 청년의 커다란 목소리가 들렸다.

청년은 바깥에 있는 개집 앞에 똑바로 무릎 꿇고 앉아서 사과하고 있었다. 조금 연극 같아 보였는데, 그 청년이 바로 우오토미의 가쓰였다.

가쓰는 거의 날마다 얼굴을 내밀었다.

병문안이라는 명목으로 흰 살 생선을 가지고 와서는 가게토라에게 먹였다. 미안해하는 다쓰코의 엄마에게 '남은 거라서요. 좋아서 하는 일인데요' 라고 변명을 했다.

"안전합니다. 내장은 깨끗이 뺐거든요."

그리고 먹이기 전에 반드시 보여주러 왔다.

먹이를 주니까 개는 금방 가쓰를 따르게 되었다. 서덜을 담은 석유깡통을 들고 오는 가쓰의 모습이 보이면 가게토라는 성인 팔뚝 정도의 굵은 꼬리를 개집에 부딪쳤는데, 그 소리가 거실에까지 들릴 정도였다.

보름도 채 되지 않아서 가게토라의 산책은 가쓰가 담당하게 되었다.

본래 가게토라는 다쓰코의 오빠 친구한테 얻어온 개로 처음 집에 왔을 때는 고양이 크기만 했다. 그런데 순식간에 커버렸고, 빗질이나 산책도 더 이상 만만한 일이 아니게 되었다.

자신이 돌보겠다던 오빠는 가게토라가 크기도 전에 대학 동급

생 여자친구와 동거를 하게 되어 집에 잘 들어오지 않게 되었다. 그러다 보니, 커다란 개는 솔직히 집안의 애물단지처럼 되어버렸다.

가쓰가 가게토라를 돌봐주게 되면서 먹이와 손질이 좋아져서 그런지 개의 털에 몰라볼 정도로 윤기가 흐르게 되었다.

어머니가 먹이 값이 만만치 않게 든다고 불평했었는데, 가쓰가 가져오는 생선 덕에 이제는 거의 들지 않게 되었다.

티셔츠라도 하나 사 입으라며 어머니가 봉투를 주자, 가쓰는 개집을 새로 짓겠다고 했다.

아직 강아지였을 때는 이렇게 클 줄 생각도 못하고 가장 싼 것을 샀었기 때문에 지금은 상당히 비좁았다. 가게토라는 개집에 들어가기 싫어했고 가랑비 정도면 밖에서 비를 맞곤 했다.

일요일에 가쓰는 목재와 페인트를 사가지고 와서 하루 종일 뚝딱거리며 개집을 만들었다.

어둑해질 무렵, 다쓰코는 라켓을 들고 집에 들어가다가 문기둥에 묶인 가게토라의 입 주위에 피가 묻은 것을 보고 깜짝 놀랐다. 하지만 자세히 들여다보니 피가 아니라 빨간 페인트였다.

현관 옆에는 황당할 정도로 커다란 개집이 만들어져 있었다. 근처 나무에 매여 있던 가게토라가 작업 중인 가쓰에게 장난을 치다가 지붕을 칠한 빨간 페인트를 핥은 것이었다.

그날 밤, 가쓰는 처음으로 집 안에 들어와서 식구들과 함께 저녁을 먹었다. 식구라고 해도 오빠는 들어오지 않기 때문에 아버지와 어머니, 다쓰코 세 사람이었다.

생선은 매일 먹을 것이라며 어머니는 신경 써서 전골을 준비했다. 가쓰는 혼자서 전골 냄비를 맡았고 아버지에게 맥주를 따랐으며 농담을 해서 모두를 웃겼다.

아버지는 오빠가 집을 나간 뒤 눈에 띄게 말수가 적어졌었지만, 이날만큼은 하얀 이를 드러내며 크게 웃었다.

가쓰는 쉬지 않고 이야기를 해댔다.

크게 떠들 이야기는 아니지만, 의사가 우오토미의 아저씨는 얼마 못 갈 것이라고 했다고 한다. 주인 부부에게는 자식이 없기 때문에 자신에게 양자로 들어와서 가게를 물려받지 않겠느냐는 뜻을 비쳤지만, 결정을 내리지 못하고 있다고 했다.

"생선도 머리가 없으면 괜찮을 텐데 말이죠. 대가리가 있고 눈이 있어서 처음에는 정말 무서웠어요."

처음부터 토막 난 생선은 없지. 아버지가 한마디 거들며 끼어들었다.

우오토미는 3대째인데, 뒤쪽의 셋집 두 채를 없애면 상당한 평수가 된다. 거기에 아파트를 지으면 그 수입으로 먹고 살 수 있다. 슈퍼에 밀리고 있는 동네 생선가게의 앞날을 생각해서 아담한 다른 가게를 내는 것도 좋다고 생각한다. 그런데 찻집이 좋을까, 스낵집이 좋을까. 가쓰가 다쓰코의 눈치를 살피듯이 말을 했다.

저녁식사가 끝나고 후식인 수박을 다 먹고 난 뒤에도 가쓰는 일어나지 않았다.

가자미와 광어를 구분하는 방법을 설명했고, 쥐치가 '끼익 끼익' 하고 신발 끌리는 것 같은 소리를 낸다며 흉내를 내기도 했다.

이야기가 끊겨서 혹여 '그럼 이제 슬슬 마치자' 라는 말이라도 나올까봐 끊임없이 이야기했고, 담배에 불을 붙였다. 담배 연기가 피어오를 동안은 '그만 마치자' 는 말이 나오지 않는다는 사실을 알고 하는 행동 같았다.

이럴 때 가쓰의 눈은 웃고 있으면서도 울상을 짓고 있는 것처럼 보였다.

울상인 눈으로 가쓰는 개의 지도 이야기를 했다.

누군가한테 들은 이야기를 풀어놓는 것 같았는데, 개에게는 개의 지도가 있다고 한다.

사람들이 생각하는 지도와는 전혀 다른 지도로, 어디와 어디 전신주와 울타리에 자신의 냄새를 묻혀둔다. 어디에 괴롭히는 아이가 있고 어디에 맛있는 것을 주는 집이 있으며 어디에 좋아하는 암컷이 있는지를 머릿속에 그리고 있다고 말했다.

아침 일찍 일어나는 편인 아버지가 하품을 하자 그것을 **기회**로 어머니가 이불을 펴기 위해서 일어났고, 마침내 가쓰가 돌아갔다.

"개의 지도라."

어머니가 중얼거렸다.

"그거 본인 얘기군."

아버지는 잘 알고 있었다.

다음 날부터 가쓰는 지극히 당연하다는 듯이 부엌문으로 들어왔다.

"냄비, 냄비. 큰 냄비요."

가쓰는 가지고 온 생선을 스튜용 커다란 냄비에 넣고 끓이기 시작했다. 온 집 안에 비린내가 퍼졌다.

가쓰는 끓인 생선이 식는 동안에 개를 데리고 산책을 나갔다. 돌아와서는 콧노래를 부르며 정성스레 빗질을 해주고 먹이를 주었으며, 나머지는 밀봉용기에 넣어서 냉장고에 집어넣고는 돌아갔다. 수년 전부터 하고 있는 일처럼 익숙한 행동이었다.

아마 그 무렵, 오빠가 갈아입을 옷을 가지러 잠깐 집에 들른 적이 있었다.

"야, 너 냄새가 바뀌었어."

얼굴을 핥으려고 까맣고 뾰족한 입을 들이대는 개를 손으로 밀면서 오빠가 중얼거렸다.

"생선 비린내가 나잖아."

습관처럼 되었기 때문에 몰랐는데 가쓰가 돌보기 전에는, 생선만 주지 않았었다. 오빠는 어머니로부터 가쓰의 이야기를 듣고는 한마디 했다.

"좋은 녀석 물었네."

놀리는 말투로 말하고 웃더니, 이제 안심하고 나갈 수 있겠다는 듯이 다른 때보다 큰 가방을 메고 가버렸다.

가쓰는 분명히 도움이 되는 존재이긴 했다.

태풍이 지나간 뒤 소나무 가지가 부러져서 지붕에 걸렸을 때도 가쓰였고, 목욕탕 타일이 빠졌을 때도 가쓰였다. 어느덧 아버지를 아버지라고 불렀고 어머니를 어머니라고 부르고 있었다. 다쓰코한테도 어머니와 똑같이 다쓰라고 불렀다.

수박이 나올 무렵, 부모님이 1박으로 친척 결혼식에 갔다. 가게토라가 복어를 삼켜서 소동을 일으킨 지 딱 1년이 지났을 때였다.

전쟁 때 불타고 남은 집으로 낡긴 했지만 상당한 평수였기 때문에 다쓰코는 오빠에게 집에 들어왔으면 좋겠다고 연락을 했다. 하지만 여자가 중간에서 막았는지 아무런 대답이 없었다.

가쓰가 개를 산책시키러 온 것은 가게 문을 닫고 저녁을 먹은 다음이었기 때문에 9시가 넘은 시간이었다.

언제나처럼 생선 끓이는 냄새가 온 집 안에 진동했다. 가쓰가 오면 가게토라는 즐거운지 한층 굵어진 꼬리를 개집에 부딪쳤다.

"다쓰코가 있으면 가쓰가 개를 빗질하는 시간이 배는 걸리는 것 같구나."

어머니가 전에 했던 이야기가 생각나서 다쓰코는 약간 짜증이 났다.

가게토라를 산책시키러 나가는 가쓰의 목소리가 들렸다. 외국 영화 주제가 같은 노래를 흥얼거리는데, 다쓰코에게 들려주기 위해서 일부러 외워 부른다는 느낌이었다.

가쓰가 말을 거는 소리가 들렸지만, 다쓰코는 일부러 못 들은 척했다. 가쓰와 가게토라가 나가는 것을 창문으로 확인한 뒤, 온몸에 들러붙은 비린내를 씻어내려는 듯이 샤워를 했다. 자전거로 천천히 돌고 공원에서 공 던지기를 한 뒤 돌아오기 때문에 한 시간은 족히 걸린다.

다쓰코는 목욕가운을 입은 채 거실에서 텔레비전을 보며 아버지가 남겨둔 와인을 홀짝거렸다.

어느 틈에 깜빡 잠이 들었던 것 같다. 가게토라가 달려드는 통에 눈을 떴다.

"거실에 어떻게 들어왔어?"

비몽사몽간에 개를 밀어내며 입 주변의 뜨거운 혀를 손으로 치우면서 말했다.

"비린내 나잖아."

말을 하다가 정신이 번쩍 들었다.

개가 아니라 가쓰였다.

"미안, 잠깐만."

계속 매달리는 가쓰를 어떻게 내쫓았을까. 정신을 차리자 와인 잔이 깨져서 바닥에 뒹굴고 있었다.

다음날 아침, 눈을 뜨자 몸 여기저기가 이상하게 아팠다. 팔꿈치와 무릎에는 파란 멍이 들어 있었다.

평소 아버지가 하시던 대로 우편함에 조간신문을 가지러 나갔다.

개집에서 나온 가게토라가 꼬리를 흔들었다. 바로 어제 그런 일이 있었기 때문에 개 잘못은 아니더라도 꼴 보기 싫어서 못 본 척하는데, 입이 빨갛게 되어 있었다.

"페인트 갉아먹으면 안 돼."

주의를 주는데 좀 이상했다. 페인트가 아니었다. 피 같은 것이 말라붙어 있었다. 고양이라도 잡았나 싶어서 개집을 들여다보고 다쓰코는 소스라치게 놀랐다.

스니커즈를 신은 남자 발이 보였다. 지나치다 싶을 정도로 커다란 개집에 몸을 박은 채 가쓰는 코를 골며 기분 좋게 자고 있었다.

홧김에 술을 마시고 개집에 들어가 잠들어버린 것이다. 깨워

주나 봐라. 지나가려다가 발밑에 구르는 수면제 병을 보고 이번에는 정말로 그 자리에 얼어붙었다.

가쓰는 심야영업을 하는 슈퍼에서 약을 사서 자살을 시도했다. 가게토라의 입에 묻은 피는 귀청이 떨어지게 코를 골며 자는 가쓰를 깨우려고 했는지 장난을 친 것인지는 모르겠지만, 이빨로 무는 시늉을 하다가 생긴 상처 때문인 것 같았다.

다행히 복용량이 적었고 가게토라가 물 때마다 가끔 눈을 떴기 때문에 가쓰의 생명에는 아무런 지장이 없었다. 사흘쯤 지나서 그는 시골로 돌아갔다.

다쓰코는 아무 말도 하지 않았지만, 부모님은 대충 사태를 파악한 것 같았다.

가쓰가 떠나자 가게토라의 털에서 윤기가 사라졌다. 연말에 다쓰코는 마취과 지망생이었던 지금의 남편과 맞선을 봤다. 결혼을 결심하게 된 이유 중 하나는 그의 알코올 냄새 때문이었다.

이듬해 봄이 되기 전에 우오토미의 아저씨가 세상을 뜨고 가게는 문을 닫았다. 가쓰를 양자로 삼으려 했던 이야기는 전혀 없던 일이라는 사실도 알게 되었다. 가게를 허물고 집 몇 채를 합쳐서 지금의 건물이 들어섰다.

가게토라는 2년 뒤, 급성전염병으로 죽었다.

지금 생각하면 그때 황당할 정도로 크게 지었던 개집은 가쓰

자신이었는지도 모른다.

다쓰코는 자신도 그의 아내도 임신 중이 아니라면, 아는 척했을지도 모른다고 생각했다.

어느새 다쓰코가 내릴 환승역에 도착했다.

사람들 틈으로 세 식구가 포개지듯이 정신없이 잠든 모습과 눈에 띄는 커다란 카메라가 미끄러지지 않도록 꽉 움켜쥔 가쓰의 손이 보였다.

어두워지자 여자의 가는 눈썹은 사라

졌고 눈 위에는 송충이를 반으로 잘라

붙인 것 같은 굵은 두둑만이 꾸물꾸물

움직이며 두드러졌다. 입술도 원래 크기

의 입술이 웃고 있었다.

남자 눈썹

아사麻는 귀가가 늦은 남편을 기다리다 지쳐서 식탁에 엎드려 잠이 들었다. 그런데 이상한 꿈을 꿨다.

남편이 돌로 된 지장보살님들과 마작을 하고 있었다.

지장보살님은 모두 세 명이었다. 빨간 앞치마를 두르고 앉아서 온화한 얼굴로 남편을 보며 웃고 있었다. 웃음소리는 여자의 것이었다.

초등학교 1학년 때 어머니가 여동생을 낳았다.

학교에서 돌아왔을 때 꽉 닫힌 장지문 너머에서 갓난아기의 울음소리가 들렸다.

"다행이네. 다행. 이번에는 지장보살님 **미모**眉毛구만."

할머니와 귀에 익은 산파의 목소리가 들렸다.

아사는 햇볕이 잘 드는 마루에 책가방과 신발주머니를 놓고 장지문을 등진 채 다리를 흔들거리면서 생각했다.

'지장보살님 **미모**가 뭐지?'

마루에 하얀 거스러미가 일어나 있었다.

다른 집 마루는 갈색으로 반짝반짝 윤이 나서 양말을 막 새로 꺼내 신으면 미끄러지곤 하는데, 우리 집 마루는 부엌솔로 닦은 것처럼 거칠게 일어나 있다. 어머니는 날림 공사한 셋집이라서 목재가 나쁘기 때문이라고 했지만, 할머니는 네 엄마 탓이라며 흉을 봤다.

마치 부모의 원수라도 되는 양 관자놀이에 파랗게 핏대를 세우면서 닦아대니 어디 물건이 남아나겠느냐, 이제 곧 닳아서 없어져버릴 게야. 할머니는 못마땅하신 듯 말했다. 하긴 거칠게 일어난 곳은 비단 마루만이 아니었다. 창살, 기둥, 다다미, 욕조, 밥통, 게다가 어머니의 손과 발뒤꿈치까지 하얗게 거스러미가 일어 있었다. 어머니가 비단 옷을 입혀줄 때면 옷에 걸려서 칙칙 소리가 났다.

장지문 안쪽에서 할머니와 산파의 목소리는 들렸지만, 어머니의 목소리는 한마디도 들리지 않았다.

공중에 떠 있는 아사의 발밑에 말라버린 복수초 화분이 있었다. 정월을 장식했던 꽃이 녹갈색의 긴 주름을 그리며 말라죽은 모양은 부리를 벌린 채 죽은 카나리아 새끼처럼 보였다.

잠시 뒤 아사는 두부 심부름을 갔다.

새로 태어난 여동생을 보고 싶었지만, 울퉁불퉁 찌그러진 알루미늄 냄비를 건네는 할머니의 말투에는 전에 없이 거역할 수 없는 힘이 있어서 싫다고 할 수 없었다. 후산後産이니 묻는다느니 하는 말을 들은 것 같다.

할머니는 여느 때처럼 아사의 눈썹과 눈썹 사이의 털을 커다란 족집게로 뽑으면서 지장보살님 **미모**라는 것은 지장보살님처럼 초승달 모양의 부드러운 눈썹을 말한다고 가르쳐줬다. 아사처럼, 내버려두면 서로 이어져버리는 짙은 눈썹은 남자 **미모**라고 하나 보다. 할머니는 눈썹을 **미모**라고 표현했다.

지장보살님의 눈썹을 가진 여자는 온순해서 귀여움을 받지만, 남자 눈썹을 가진 사람은 남자의 경우, 기울어진 집안을 일으키거나 대도大盜, 살인자와 같은 흉악한 사람이 될 수 있다. 또 여자는 남편 운이 좋지 않다고 했다. 그때 할머니의 말투는 경을 읽을 때처럼 선율이 있었다.

아사는 눈 사이에서 반짝이는 족집게가 자꾸만 신경이 쓰였다. 열흘에 한 번 정도 사용하는데, 얼마 전 할머니가 고등어를 손질하면서 잔가시를 빼낼 때 사용하던 족집게 같았다. 아사는 할머니에게 족집게에 대해 물어보았다. 아니, 다른 족집게란다. 할머니는 부정하셨지만, 부업으로 바느질을 하던 어머니와 할머니는 하나밖에 없는 가위를 두고 누가 치웠느냐, 썼느냐며 다투곤 했다. 가위가 하나밖에 없는데 족집게가 두 개 있을 리가 없었다.

그런 생각을 하니까 갑자기 생선 비린내가 풍겼다. 어머니가 여동생을 낳자, 집 안 냄새가 바뀐 것 같았다. 지금까지는 오래된 집 특유의 가다랑어포 냄새만 났는데, 이제는 미적지근한 밥통 뚜껑을 열었을 때처럼 쉰내가 났다. 갓난아기의 기저귀 때문일까, 젖 때문일까. 아사는 문득 아버지의 살담배 냄새를 맡고 싶어졌지만, 아버지는 당시 한창 마작에 빠져 있어서 집에 없었다. 아버지는 '천화'라는 곳에 있는 것 같았다. 할머니와 어머니는 '천화'를 언급할 때면 원한이 담긴 것처럼 목소리를 낮췄다. 집 안의 무거운 공기는 모두 이 '천화' 때문 같았다. '천화'가 하늘 천天, 화할 화和로 마작 완성패의 하나라는 사실을 알게 된 것은 20여 년이 지나서다.

아기는 어머니 옆에서 잠들어 있었다.

아사의 커다란 일본인형과 같은 크기였다. 키는 같았지만 둥그스름해서 다다미 절반 정도 되는 아기용 이불은 봉긋하게 솟아 있었다. 들여다보니 완전히 익은 것 같은 자줏빛 얼굴은 옅은 살색의 솜털로 뒤덮여 있었고, 눈썹은 위아래로 모여 막 나온 이끼처럼 엉켜 있을 뿐이었다. 이게 바로 모두가 다행이네, 귀엽네, 그러면서 칭찬을 하는 지장보살님 눈썹이구나. 그다지 대단해 보이지도 않았다.

잠들어 있는 어머니 머리맡 쟁반 위에 뚜껑 달린 그릇이 놓여 있었다. 우윳빛의 불투명한 하얀색 바탕에 크레용으로 따뜻한 붉은 선을 흐릿하게 한 줄 그어놓은 것 같았다. 아사가 좋아하는 그릇으로 안에는 흰 엿이 들어 있었다. 젖이 잘 나오라고 할머니가 사온 엿이었다. 아사는 뚜껑을 열고 엿을 하나 집어 들었다. 순간 누가 철썩하고 손등을 때렸다.

어머니였다. 맞은 손등이 얼얼했다. 어머니는 울고 난 뒤의 눈을 하고 있었다. 그러고 보니 어머니도 남자 눈썹이었다.

남편은 아사에게 종종 이야기했다.

"당신은 곡曲이 없어."

"곡이 없다니, 그게 무슨 말이에요?"

어렴풋이 짐작은 갔지만 일부러 물어보았다.

"그런 질문을 하는 걸 말하는 거요."

남편의 간단한 대답이었다.

시장 보러 간 김에 반년에 한 번 갈까 말까 하는 서점에 들러서 두꺼운 사전을 꺼내 들었다.

글자가 흐릿해서 잘 보이지 않았다.

이럴 줄 알았으면 돋보기안경을 가지고 올 걸 그랬다. 하지만 돋보기안경을 꺼내 들고 서서 읽는다는 것이 약간 치사하다는 생각도 들었다. 사전을 멀리해보기도 하고 눈을 가늘게 뜨고 힘을 주기도 하는데, 가게 주인이 말을 걸어왔다.

"안경, 빌려드릴까요?"

왜소한 체격에 예순 정도 되어 보이는 남자였다. 그래도 남자라서 얼굴 폭이 어느 정도 되는지, 고개를 숙이니 안경이 흘러내렸다.

곡이 없다 = ① 재미가 없다. 조루리淨, 가이케이잔會稽山의 "마리코가와 에몬나가시鞠子川衣紋流し의 아아 곡이 없구나." ② 붙임성이 없다. 매정하다. 조루리, 덴노아미지마天網島의 "그 눈물이 시지미가와 강에 흘러들어 고하루가 떠서 마실 터이니. 아아 곡도 없어 원망스럽구나."

('조루리'는 곡에 맞추어 이야기를 음송하는 일본 전통극의 한 형식. '가이케이잔', '덴노아미지마'도 조루리의 한 종류다. '에몬나가시'는 공을 한쪽 팔에서 목덜미를 지나 다른 팔로 보내는 기교를 말한다―옮긴이)

대충 짐작한 대로였지만, 이런 짓을 하기 때문에 곡이 없다는 말을 듣는다고 생각하니 웃음이 났다. 두꺼운 사전은 생각보다 무거워서 케이스에 넣으려는 순간 손에서 미끄러졌다. 비가 온 뒤라서 바닥은 젖어 있었다. 돋보기안경을 빌린 것도 미안해서, 결국 아사는 사전을 사버렸다.

이럴 때 애교 있는 여자라면 붙임성 있게 가게 주인의 비위를 맞추는 말이라도 해서 그냥저냥 넘어갔겠지만, 짙은 눈썹의 얼굴과 굵은 골격의 뻣뻣한 몸짓에 애교는 어울리지 않고 효과도 없다는 생각에 아사는 아예 단념했다. 우선 뭐라고 말을 해야 할지 감도 잡히지 않았다.

사전은 3천 엔이나 했다. 시장바구니에 넣었더니 무랑 감자를 샀을 때처럼 무거워서 야채가게와 생선가게에도 들르지 않고 곧장 집으로 향했다. 시장바구니를 왼손과 오른손으로 번갈아 들면서 스쳐 지나가는 여자들을 품평했다.

남편이 저 여자랑 둘이서 무인도에 도착했다고 하자. 저 여자 정도면 한 달쯤 참을 거 같고. 이 여자는 바로 그날. 다음, 저 정도면 아무리 남편이라도 석 달은 가만히 있을 거야. 그 다음은 여자가 먼저 접근하겠고. 아사는 제멋대로 단정 지으면서 걸어갔다.

이런 황당한 생각을 할 때 사람은 어떤 얼굴을 하고 있을까 궁금해져서 상점 유리창에 비친 얼굴을 들여다보았다. 그런데 언제나처럼 무뚝뚝한 표정이었기 때문에 기분이 이상했다.

남편은 피부가 하얗고 가녀린 여자를 좋아한다.

텔레비전을 보다가 '저 여자 괜찮은데' 라고 말하는 사람은 대체로 그런 **부류**의 여자였다. 그런 여자들은 목소리도 나긋나긋하고 말도 불분명하게 한다. 머리도 약간 갈색빛이 돌면서 부드러워 보인다. 그리고 눈썹도 흐리다.

혼담이 성사되어 날을 잡고 난 뒤, 남편이 집에 놀러 온 적이 있다. 나이 탓인지 방탕한 생활도 시들해진 아버지는 사위가 될 남편에게 술을 따르면서 농담처럼 아사의 신체에 관해서 이야기했다.

아사는 안주거리를 담아서 거실로 들어가다가, 아버지가 '털복숭이'라고 하는 말을 들었다. 그때 칼이 있었다면 아버지를 찔렀을 것이다. 돌아가셔도 절대 울지 않을 테야. 남편은 미심쩍은 얼굴로 말없이 술을 마시고 있었다.

남편은 털이 많다는 아사의 가장 큰 콤플렉스를 가지고 놀리지는 않았지만, 굵은 골격에 대해서는 곧잘 입에 올렸다.

"당신 유골은 단지 하나에 안 들어갈 거요."

"여자가 단지 두 개면 창피하죠. 제발 화장터지기한테 팁 좀 두둑이 줘서 하나에 안 들어간 것은 버리라고 해줘요."

이것은 기분이 좋을 때 하는 말이었고, 심기가 불편한 날엔 아무 대꾸도 하고 싶지 않았다. 단 하루라도 좋으니까 더 살겠다고 굳게 마음먹기도 했다.

아버지의 장례식을 치른 뒤, 술기운이 돈 남편이 상복 입은 여자를 평한 적이 있다. 아버지는 조금만 더 사시면 미수米壽셨고, 주무시면서 편안하게 가셨기 때문에 호상好喪이라는 인사도 듣는 장례식이었다. 유골 수습을 마치고 집으로 돌아왔다. 술상이 나오자, 남편은 상복을 입은 여자는 두 부류로 나뉜다며 화제를 꺼냈다.

"씩씩한 여자와 애처로운 여자, 두 부류로 나눌 수 있죠."

아사는 먼저 말해버리고 싶었다.

"저는 씩씩한 쪽이네요."

"잘 아네."

새 유골단지 앞에 빙 둘러 앉아 있던 남자 친척들 십여 명은 화장터에서 돌아와 들뜬 탓인지 장례식에서 본 상복 입은 여자들을 애처로운 쪽과 씩씩한 쪽으로 나누기 시작했다.

이야기를 꺼낸 장본인인 데다가 술이 들어가면 쾌활해지는 남편이 가장 말이 많았다.

"상복을 입고 엉엉엉엉 하고 우는 게 어울리는 여자는 애처로운 쪽에 넣어야겠죠."

"울 때는 엉엉이지. 네 번은 좀 많지 않나."

약간 뚱뚱해서 체격이고 뺨이고 로스햄같이 생긴 분가한 숙부가 이의를 제기해서 모두 웃음을 터뜨렸다.

불과 이틀 전에 남편을 잃고 혼자가 된 일흔다섯의 어머니도 씩씩한 쪽에 들어갔다. 자리에 있던 약 다섯 명의 여자 중에서 애처롭다는 쪽에 들어간 사람은 아사의 여동생뿐이었다. 아사가 초등학교 1학년 때 태어난 지장보살님 눈썹의 그 여동생이다.

마흔을 넘었는데도 턱 부근에 약간 살이 올랐을 뿐 젊을 때와 별반 다르지 않은 모습이다.

"이 사람은 상복보다는 바지에다가 흰 머리띠를 두르고 백호대白虎隊(1868년 아이즈 전쟁 당시 성 외곽 수비대원으로 차출되었던 소년 무사 집단—옮긴이) 칼춤을 추는 것이 더 어울리죠."

아사의 남편이 아사를 놀리는 말을 듣고도 여동생은 부정도 하지 않고 웃으면서 듣고 있었다.

동생은 웃을 때 소리를 내지 않았다. 무슨 일이 있어도 곧바로 이러쿵저러쿵하지 않고 주변 사람들의 의견이 모두 나온 다음에 천천히 생각하고 누군가에게 동조했다. 약삭빨라 보이는 아사가 자식도 없이 20년을 멍하니 남편 때문에 애태우면서 이렇다 할 자격증도 따지 않고 지낸 것에 반해, 동생은 여자 친척 중에서 가장 빨리 운전면허를 땄고 꽃 만들기랑 기모노 입는 법을 가르치는 교사 면허도 가지고 있었다.

남편에게 변이 생겨서 상복을 입게 되었을 때 겉보기에는 의연할 것 같으면서도 실제 허둥거리는 사람은 아사고, 제정신이 아닌 듯 어깨를 축 늘어뜨리고 흰 손수건을 쥐면서도 제 할 일을 하는 사람은 동생일 것이다.

아사의 마음을 꿰뚫어본 것처럼 숙부가 뭔가 생각난 듯이 웃더니, 말을 꺼냈다.

"그런데, 참 신기하게도 말일세."

잠시 쉬었다가 다시 말을 이었다.

"씩씩한 아내를 가진 남편은 아내가 먼저 죽으면 애처로운 쪽에 들어가게 되네."

남편이 말을 받았다.

"그렇다면 애처로운 아내를 가진 남편은 씩씩하다는 거네요."

"강한 것과 약한 것이 서로 의지하는 게 아닐까 싶네."

실제 소심한 남편은 이런 자리에서 눈치 채이지 않도록 크게 허풍을 떨기도 한다. 뒤가 켕기는 남자는 남들 앞에서 일부러 아내를 치켜세워 죄책감을 떨쳐버리려고 하는 것이다.

아사는 남편의 말에서 여자든 마작이든, 지금 남편의 마음을 사로잡고 있는 것이 뭔지 알아내고 싶었다. 하지만 뒤집어진 말을 다시 한 번 뒤집으면 겉이 되어서 결국은 아무것도 알지 못한 채로, 결국 어제와 똑같은 오늘이다.

여동생이 조용히 일어나서 나갔다. 화장실에 가는 것 같았다. 타이밍을 잘 맞추는 여자다. 아사라면 어딘지 좀 어색해하고 누군가가 말을 걸어와 일어날 기회를 놓쳐버려서 머뭇거리곤 한다.

물을 내리는 소리가 들렸을 때 남편이 일어났다. 역시 화장실에 가려는 것 같았다.

'좀 있다가 가지.'

아사는 약간 못마땅했다.

아내라면 몰라도 왜 다른 여자가 나온 뒤에 바로 들어가려고 하는 걸까. 굳이 한 소리 할 정도는 아니지만, 아사도 무심코 같이 일어났다.

장지문을 반 정도 열어두었기 때문에 얼마든지 복도가 내다보였다. 저쪽에서 젖은 손을 신경 쓰며 돌아오던 동생은 남편과 살짝 스치자 어깨를 내리면서 눈웃음을 쳤다.

'먼저 실례해요.'

'형부도 참.'

여러 가지 의미가 담겨 있었다.

'후후후.'

소리 내지 않는 웃음으로도 보였다. 남편의 눈은 등 뒤에서는 보이지 않았으며, 동생의 눈은 아사는 절대 흉내 낼 수 없는 것이었다.

아사는 지장보살님이 마음에 들지 않았다. 사람 좋아 보이는 얼굴은 어딘가 수상쩍어 보였다.

"그래, 그렇구나. 불쌍하기도 하지."

마치 겉으로만 그럴 뿐, 조금 지나면 언제 그랬느냐는 듯이 잊어버리고 낮잠을 잘 것 같았다. 빨간 앞치마도 외설스럽다.

전시戰時 중 농촌으로 생필품을 구하러 다니던 시절, 타버리고 얼마 남지 않은 물건들과 고구마를 물물교환하던 미타카三鷹 근방의 농부가 바로 지장보살님 같은 얼굴을 하고 있었다. 사람 좋아 보이는, 정말 인심 후한 얼굴로 웃는 노인이었지만 빈틈이 없었다.

어머니랑 같이 배낭을 짊어지고 농촌으로 물건을 사러 갔다가, 그 할아버지네 마루에 앉아 있는데 공습경보가 울렸다.

전시 형세가 불리했을 때로 이미 하늘에는 P51의 모습이 보였다. 여기서는 아무도 방공호에 대피하지 않는 것 같았다.

"당신들, 무서우면 들어가요."

할아버지는 아무렇지 않은 듯 차를 마시고 있었다.

펑, 펑, 황매화나무에서 심芯을 빼는 것 같은 소리가 들리더니, 하얀 불꽃이 P51 아래에서 서너 개 피어올랐다. 고사포高射砲인 것 같았는데, 적기는 유유히 날아갔다. 그때 일장기를 단 장난감 같은 비행기가 그 옆에서 충돌했다.

"아."

어머니가 깜짝 놀랐다.

두 대의 비행기는 각각 흰 연기를 내뿜으면서 멀리 사라져갔다. 어머니가 두 손을 모아 합장했다. 아사도 어머니를 따라서 합장을 했다. 어디선가 〈바다에 가면〉(해군가 중 하나—옮긴이)이 들리는 것 같았다.

"나무아미타불."

지장보살님 같은 할아버지도 중얼거리면서 한 손으로 합장하는 자세를 취했다. 하지만 다른 쪽 엄지손가락으로는 아사가 가지고 있던, 아이들 키 정도의 가부키 무용이 그려진 하고이타

(자루 달린 장방형 판자로 한쪽 겉에는 대부분 그림이 있음—옮긴이)에 붙은 장식물을 누르며 두께를 재고 있었다.

지장보살님은 개하고도 닮았다.

어릴 때 집 근처에 살던 하얀 암컷 개도 지장보살님 같은 얼굴이었다. 어른들은 얌전하고 잘생긴 개라고 했다. 하지만 하네쓰키(배트민턴 비슷한 일본 전통 정월놀이—옮긴이)할 때 사용하는 하고(배트민턴 공과 비슷하게 생김—옮긴이)를 끝에 달린 검정색 구슬, 아니면 무환자나무하고 똑같이 생긴 검고 딱딱해 보이는 젖꼭지를 흔들면서 아무한테나 꼬리를 살랑거리던 개의 모습—낳은 새끼를 계속 갖다 버려도 그다지 원망하지도 않고 또 낳는 강직함, 휙 하고 뒤를 돌아보면 무슨 생각을 하는지 알 수 없고 빈틈없어 보이는 점—은 지장보살님과 닮아 보였다.

남편의 귀가가 늦은 밤이면, 아사는 언제부터인지 습관적으로 눈썹과 눈썹 사이의 털을 뽑으며 손질하곤 했다.

언젠가 기차 안에서 본 젊은 여자도 눈썹을 가늘게 그리고 있었다. 눈썹만이 아니라, 두꺼운 입술의 가운데만 보기 좋은 모양으로 립스틱을 바르고 있었다. 그 여자가 같이 있는 남자를 보며 웃을 때 기차가 터널로 들어섰다.

어두워지자 여자의 가는 눈썹은 사라졌고 눈 위에는 송충이를 반으로 잘라 붙인 것 같은 굵은 두둑만이 꾸물꾸물 움직이며 두

드러졌다. 입술도 원래 크기의 입술이 웃고 있었다.

아무리 뽑고 또 뽑아도 아사의 눈썹은 남자들이 멀리하는 남자 눈썹이다.

남편은 새벽녘에 들어왔다.

문을 열자, 수염이 자라서 서너 살은 더 나이 든 얼굴로 마작 패 놓는 손짓을 하며 들어섰다.

이번에는 꼭 말하려고 했다. 토라진 듯 애교 섞인 말을 하려고 했는데, 막상 어디서 막혀버렸는지 나오지 않았다.

아사는 넥타이를 풀면서 거실로 들어서는 남편을 밀치고 먼저 뛰어들어갔다. 그리고 상 위에 놓아둔 손거울과 족집게를 급히 숨겼다.

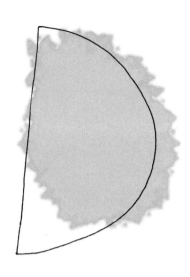

빌딩 위로 하늘색이 엷게 펼쳐져 있었고 하얗고 투명한 반

달이 떠 있었다. "저 달, 무 같지 않아요? 얇게 썰다가 잘

못 썬 무 말이에요."

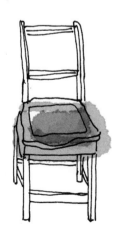

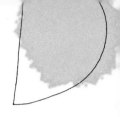

무달

그 일이 있고 거의 1년이 다 되어가는데도 에이코英子는 손가락指을 뜻하는 글자가 무서웠다.

신문이나 잡지를 펼치면 손가락이라는 글자만 눈에 들어왔다. 손가락이라는 글자만 더 크게 보였다. 가슴이 아프다는 표현을 정말로 실감했다. 그 글자를 보면 에이코는 가슴 한가운데쯤이 단단히 죄듯이 아파왔고 식은땀도 약간 흘렀다.

그런데 자세히 보면 단순히 손가락을 뜻하는 것이 아니라 지명指名이기도 했고 지시指示, 지정指定이어서 휴 하고 온몸에서 힘이 빠졌다.

단지 손가락이라는 글자만 무서운 것이 아니었다.

초등학교 1학년 아이들을 똑바로 볼 수 없었다. 특히 남자아이를 보는 게 힘들었다. 엄마 손에 이끌려서 새 학교모자와 책가

방 차림으로 걸어가는 모습이 보이면, 모두 겐타健太로 보였다. 보고 싶지 않다며 눈을 감고 싶은 마음과 보지 않고는 견딜 수 없는 마음이 서로 다투어서 에이코는 또 가슴 한가운데가 아파 왔다. 겐타는 별거 중인 남편 집에 두고 온 아들이다.

올 봄에 텔레비전을 켜면 자주 보이던 '반짝반짝 빛나는 1학년'이라는 광고는 못 본 척하면 지나갈 수 있지만, 길에서 마주치는 아이들은 피할 수가 없었다. 별거를 하게 되면서 화장품 방문판매를 시작했기 때문에 먹고 살려면 밖에 나가야만 했다. 그렇다고 위를 보고 걸어다닐 수도 없었다. 위에도 보기 싫은 것이 있었다.

에이코가 별거 중인 남편 슈이치秀一와 함께 낮에 떠 있는 달은 본 것은 결혼반지를 맞추고 돌아가는 길이었다. 스키야바시數寄屋橋 다리 근처에 있는 백화점에서 나와 슈이치는 담배를 샀다.

"어머, 달이네."

에이코가 하늘을 올려다봤다.

"무슨 뚱딴지 같은 소리야. 대낮에 무슨 달이 보인다고 그래."

슈이치는 담배 거스름돈을 럭비공 모양의 지갑에 넣으면서 에이코를 따라 하늘을 봤다.

"정말. 낮에도 달이 있구나."

슈이치가 놀란 듯이 중얼거렸다.

하지만 정말 놀란 사람은 에이코였다.

서른이 코앞인데, 이 남자는 지금까지 낮에 달을 본 적이 없는 걸까.

"아등바등 밑만 보고 살았거든. 낮에 하늘을 본 적이 없어."

슈이치는 어릴 때 아버지를 잃고 홀어머니 밑에서 자랐다. 아르바이트라는 아르바이트는 뭐든지 다 해봤다고 한다. 대학은 일하면서 야간대학을 다녔다.

에이코는 마음 깊은 곳에서 뭔가가 북받쳐 올라와서 검은 지갑을 들고 있는 슈이치의 손을 꽉 잡았다. 혼잡한 스키야바시 다리 위에 두 사람은 잠시 서 있었다. 돌이켜보면 가장 행복한 시간이었다.

빌딩 위로 하늘색이 엷게 펼쳐져 있었고 하얗고 투명한 반달이 떠 있었다.

"저 달, 무 같지 않아요? 얇게 썰다가 잘못 썬 무 말이에요."

에이코의 할머니는 손재주가 좋은 분이었다.

마디는 굵지만 유연한 손가락으로 능숙하게 바느질을 했고 염색한 천을 챗발로 말리는 일, 장지문 바르기 등을 모두 훌륭한 솜씨로 해냈다. 그중에서도 부엌칼을 다루는 솜씨가 뛰어나서 며느리인 에이코의 엄마를 험담하곤 했다.

"어멈은 손이 둔해서 말이야. 쯧쯧."

연말이 다가오면 에이코의 엄마에게는 대청소를 시켰고, 떡 썰기에서 음식 담기까지 모든 설음식은 할머니 혼자서 준비했다. 한기가 도는 재래식 부엌에 멍석을 깔고 아직 어린 에이코를 옆에 앉히고는 보란 듯이 익숙한 손놀림으로 초간장에 무칠 무를 야채용 칼로 채 썰어보였다.

초간장용으로 무를 채 썰기 위해서는 먼저 둥근 상태의 무를 종이처럼 얇게 썰어야 하는데, 생각처럼 쉽지가 않았다. 할머니가 한번 해보라며 칼을 쥐어주자 시키는 대로 하긴 했지만 두꺼워지거나 잘못 썰어서 반달처럼 되어버렸다.

할머니한테 들키면 엄마를 닮아서 손재주가 없다는 말을 들었다. 어린 마음에도 엄마를 흉보는 소리가 듣기 싫었는지, 에이코는 무가 반달 모양이 되어버리면 황급히 입에 넣어버렸다. 그래서 어른이 되어서도 무를 잘못 썰면 자동적으로 손이 움직여서 먹어버리는 버릇이 생겼다.

슈이치에게 이 이야기를 한 것은 유라쿠초有樂町의 한 찻집에서였다.

"멋진데."

슈이치는 수차례나 중얼거리면서 싫다고 하는 것처럼 고개를 흔들었다. 감탄하거나 기분이 좋을 때의 습관이다. 고개를 흔들면서 검은 럭비공 모양의 지갑을 테이블 위에서 뒤집더니, 안에 있던 동전을 100엔과 10엔으로 나누었다. 역시 슈이치의 버릇이다.

담배 한 갑이라도 지출이 생기면 수첩에 적고 동전을 분류했다. 그 자리에서 바로 하지 않으면 찜찜해했다. 남자가 좀스러워 보여서 마음에 들지 않았지만, 슈이치의 소년 시절 이야기를 듣고는 이해할 수 있었다.

슈이치의 어머니는 보험 일을 했기 때문에 평소 장을 본다거나 저녁식사 준비는 슈이치의 몫이었다. 어머니가 꼼꼼한 성격이었기에, 본인 또한 10엔도 함부로 하지 못했다.

'고로케 4개 80엔.'

슈이치가 상 앞에 앉아서 연필심에 침을 묻혀가며 광고지 뒷면에 금전출납을 기록하는 모습이 떠올랐다.

"멋진데."

동전을 모두 분류한 뒤 슈이치는 커피를 저으면서 감탄한 것처럼 되풀이했다.

"그런 이야기, 더 해봐."

에이코는 할머니에게 배운 덕에 지금도 매일 밤 자기 전에 부엌칼을 가는 일, 칼을 가는 데는 10엔짜리 동전이 가장 좋다는 일 등을 이야기했다.

"10엔짜리로 어떻게 하는데?"

에이코는 럭비공 지갑에서 10엔짜리 동전을 하나 달라고 해서 가늘고 기다란 메뉴판을 부엌칼 삼아 시범을 보였다.

칼이 얼마나 잘 갈아지느냐는 숫돌에 칼을 대는 각도로 정해
지는데, 이것이 초보자에게 가장 어려운 점이다. 칼등 밑에 10
엔을 끼우고 그 각도를 이용해서 갈면 틀림없이 칼은 잘 갈아
졌다.

"멋진데."

슈이치는 10엔을 집어넣으면서 또 싫다는 것처럼 고개를 저
었다.

그리고 그날 저녁 시어머니에게 다시 같은 이야기를 풀어놓
았다.

결혼반지를 맞췄다고 이야기할 겸 저녁을 같이 했는데, 식탁
에 올려진 것이 당신이 손수 한 음식이 아니라 가게에서 배달시
킨 초밥뿐이었기 때문에 시어머니의 얼굴은 감탄하면서도 약간
은 굳어보였다.

"슈이치 아버지가 돌아가시고 나는 이것 때문에 바빴단다."

시어머니는 주판알을 튕기는 손 모양을 했다.

"그래서 손이 많이 가는 반찬을 못 해줬어. 그래도 엄마의 손
맛이 없는 편이 며느리 입장에서는 편하지 않니?"

바깥일을 하며 몸에 밴 싹싹한 웃음을 지었다.

"너무 칼이 잘 들면 뱃속 아이에게 안 좋다고 하더구나."

하지만 살며시 비아냥거리는 것도 잊지 않았다.

흰머리를 염색한 탓인지 쉰여덟이라는 나이보다 대여섯은 젊어 보였다.

에이코는 분가하고 싶었지만 곧 아이가 태어나기도 하고, 시어머니가 바깥일을 하면서 새로 장만한 주택 대출금을 갚는 데 보탠다고 했기에 결국 같이 살기로 했다.

결혼식을 올리고 반년이 지나고 겐타가 태어났다.

'장남 출생. 3,170그램. 신체 모두 건강. 만세.'

슈이치는 종이에 크게 써서 벽에 붙이더니, 에이코가 퇴원을 해도 떼려고 하지 않았다.

겐타의 손바닥과 발바닥에 먹을 바르고 색지에 찍었다. 생일 때마다 매년 이렇게 해두면 좋은 기념이 되거든, 상사가 집에서 이렇게 하고 있대. 슈이치는 마치 아이처럼 들떠 있었다.

살면서 누구나 한 번쯤 겪는 사소한 갈등은 있었지만, 6년 동안 별 탈 없이 무사히 보냈다. 겐타의 손과 발 모양을 찍은 색지가 6장이 되었다. 까만 단풍 모양도 처음보다 두 배의 크기가 되었다.

그날은 장마가 물러나고 날씨가 화창했다.

둘째를 임신한 에이코는 아침 일찍 병원에 갔는데, 거꾸로 있어서 걱정했던 아이가 정상으로 돌아왔다는 말에 안심해서 돌아왔다.

축하 기분을 내려던 것은 아니지만, 돌아오는 길에 장난감 가게에 들러서 겐타가 전부터 갖고 싶어했던 괴수 가면을 샀다.

시어머니도 오랜만에 날씨가 좋다며 출근하기 전에 옷들을 햇볕에 내놓기 시작했다. 방과 마당에 있는 장대에 시어머니의 기모노와 슈이치의 옷들이 나프탈렌 냄새를 풍기며 널려 있었다. 그 사이를 겐타가 가면을 쓰고 텔레비전 괴수영화에서 본 기분 나쁜 소리를 흉내 내며 뛰어다녔다.

에이코는 부엌에서 백중날(음력 7월 15일, 우란분재盂蘭盆齋를 올리고 평소 신세 진 사람들에게 선물을 함—옮긴이)에 선물로 들어온 햄을 썰고 있었다.

결혼 전에 약간 큰소리 친 체면도 있어서 매일 밤은 아니어도 사흘에 한 번은 10엔짜리 동전으로 부엌칼을 갈았다. 들뜬 기분 그대로 즐겁다는 듯이 햄이 얇게 썰어졌다.

"바큠."

괴수 얼굴이 소리를 지르면서 부엌으로 뛰어들더니 도마 위에 손을 뻗었다. 겐타는 햄 가장자리를 좋아해서 항상 '꼬리는 내 것'이라고 했다.

"위험하잖니."

말하는 순간, 손이 미끄러져서 햄은 반달 모양으로 잘려버렸다. 반달을 입에 넣고 있는데 겐타가 또 장난치며 손을 뻗어왔다.

"안 돼!"

소리쳤다고 생각했는데 입 안에 먹을 것이 들어 있어서 소리가 나오지 않았다. 리듬을 타고 있던 칼질에 딱딱한 것이 걸린 느낌이 들었고, 겐타의 집게손가락 끝이 2센티미터 정도 도마 가장자리에 뒹굴었다.

겐타의 집게손가락은 회복되지 않았다.

신흥주택지라서 구급차가 빨리 오지 않자, 더 이상 기다리지 못한 시어머니는 에이코의 만류에도 불구하고 겐타를 옆구리에 끼고 근처 병원으로 달려갔다.

의사가 자리에 없어서 다른 병원으로 달려갔는데, 그사이에 구급차가 도착하는 불운이 이어졌다. 체질 탓도 있겠지만 결국 잘 되지 않았다.

병원에 달려온 슈이치는 고개를 숙인 에이코에게 한마디도 하지 않고, 진정제로 잠이 든 겐타의 머리맡에 앉아 있었다.

두꺼운 붕대에 감긴 오른손이 위로 올려진 채 놓여 있었다.

"요리사도 아니면서 매일같이 칼은 뭐 하러 가는 게냐?"

시어머니가 책망했다.

"아이가 옆에서 장난치거나 얼쩡거리고 있을 때, 나는 절대로 칼질을 하거나 튀김을 하지 않았어. 그러니까 보려무나. 사온 반찬뿐이라는 둥, 툭하면 배달시킨다는 둥 안 좋은 소리는 들었지만, 이렇게 서른 넘을 때까지 상처 하나 화상 하나 없이 키울 수 있던 게다."

에이코는 남편 슈이치를 쳐다봤다.

이제 그만 하세요. 이제 와서 그런 소리가 다 무슨 소용이에요. 에이코가 가장 괴롭다고요. 장난치며 뛰어든 이 녀석도 잘못한 거죠.

에이코는 슈이치의 말을 속으로 중얼거리며 기다렸지만, 그는 겐타의 왼손을 만지작거릴 뿐 아무 말도 하지 않았다.

겐타는 사흘 만에 퇴원을 했고, 바로 에이코가 입원을 했다. 충격으로 유산을 했기 때문이다.

에이코는 슬퍼하지 않았다.

오히려 잘됐다고 생각했을 정도다.

아이가 새로 태어나면 아무래도 그 아이한테 매달리게 된다. 안고 젖도 먹어야 한다. 지금 품에 안고 온몸으로 사과하고 싶은 사람은 겐타였다.

그런데 일주일 만에 집으로 돌아왔을 때, 겐타는 할머니 치맛자락을 붙잡고는 떨어질 줄 몰랐다.

붕대를 감은 오른손을 가슴에 대고 할머니 뒤에 숨어서는 '엄마'라고 한 번도 부르지 않았다. 가슴이 아팠다. 물을 마시러 부엌에 갔더니 개수대의 칼꽂이에 낯선 만능부엌칼이 한 자루 꽂혀 있었다. 그것을 보니 가슴이 더 미어졌다.

"어머니."

자신도 모르게 목소리가 나왔다.

"제 칼……."

"내놨다."

"내놨다니 버리셨다는 거예요?"

시어머니는 낮은 목소리로 천천히 말했다.

"당분간 어멈은 부엌에 들어가지 마라."

이제 칼을 쥐지 마라, 부엌일은 당신이 직접 하겠다는 뜻이었다. 그리고 식탁에는 슈퍼에서 파는 포장된 반찬이 보란듯이 턱하고 놓여 있었다.

시어머니는 바깥일을 거의 그만두었다. 겐타를 위해서라고 했지만, 실은 최근에 류머티즘이 더 안 좋아져서 걷기 힘들어졌기 때문이다.

겐타가 붕대를 풀고 에이코가 몸을 회복한 후에도 슈이치는 에이코를 안으려고 하지 않았다.

딱 한 번 스탠드를 끄고 팔을 뻗은 적이 있었지만 바로 거두었다.

100엔과 10엔 동전을 나눠서 지갑에 넣듯이 마음이랑 몸도 아직 에이코를 용서하지 못한 쪽에 가 있었다.

찬바람이 불기 시작할 때쯤, 에이코는 파트타임으로 일하기 시작했다.

융자를 갚는 데 도움이 되고 싶다는 이유도 있었지만, 좁은 집 안에서 두 여자가 얼굴을 맞대고 지낸다는 점이 더 견딜 수 없었기 때문이다.

일을 시작했을 때, 집 앞에서 겐타의 친구인 여자아이가 물어본 적이 있다.

"아줌마, 겐타 손 왜 그래요?"

뒤에 시어머니가 있었고 겐타도 함께 있었다.

"겐타가 너무 예뻐서 엄마가 꿀꺽하고 먹어버렸단다."

시어머니는 겐타를 감싸 안고 집으로 들어갔고 문을 거칠게 쾅 닫았다.

거리에 크리스마스 장식이 등장할 무렵, 파트타임으로 일하는 직장에서 환영회를 겸한 송년회가 열렸다. 일을 마친 후에 하기 때문에 귀가가 늦어진다는 것은 알았지만, 슈이치가 출장을 떠나고 없는 밤에 시어머니와 거실에 마주 앉아 뜨개질을 하는 것도 우울할 것 같다는 생각이 들어 참석하기로 했다.

2차에 잠시 얼굴을 내밀었다가 집에 갔을 때는 거의 자정이 다 되었을 무렵이었다. 현관 초인종을 눌렀지만 시어머니는 나오지 않았다.

"어머니. 겐타야."

이웃집 눈도 있어서 소리 죽여 어머니와 겐타를 부르며 계속 초인종을 눌렀다. 그리고 뒤로 돌아가서 문을 두드렸지만, 문은 열리지 않았다.

새로운 직장과 아파트를 찾고 이혼을 전제로 별거에 들어간 지 반년이 지났다.

에이코는 뿌리치고 나온 집에 대한 미련을 '홈 잡기'로 떨쳐 내고 있었다.

좋게 말하면 꼼꼼하지만 좀스러운 슈이치. 그는 과자세트를 받으면 곧바로 열어서 내용물을 확인하곤 했다.

"겐타가 네 개. 할머니는 세 개. 엄마가 두 개면 나는 하나군."

슈이치는 케이크나 모나카의 개수를 세어서 식구들에게 할당 했다.

퇴근하고 들어오면 넥타이를 풀기도 전에 수첩을 꺼내서 그날 의 금전출납을 기록했다.

"10엔만 줘봐."

이유를 물어봤더니, 아무리 계산을 해도 10엔이 맞지 않는다 고 했다. 찜찜하니까 가계부에서 융통해달라는 것이다.

이번 겐타 일에 대해서도 드러내고 에이코를 탓하지는 않았지 만, 절대로 감싸주지도 않았다. 에이코는 그런 남자에게 일생을 맡기고 싶지 않다며 스스로를 타일렀다.

손자가 다친 일을 핑계로 외아들을 빼앗긴 분풀이를 하는 시어머니도 싫었다. 어머니가 뭐라고 구슬렸는지 그날 이후, 응석을 부리지 않게 된 겐타도 이젠 필요 없었다. 언젠가는 '손가락'이라는 글자를 봐도 가슴이 요동치지 않겠지.

여름이 다가오고 거리에서 1학년을 봐도 그저 평범한 초등학생으로 보이기 시작했을 때, 슈이치가 전화를 했다.

이혼서류에 도장을 찍으라는 말을 예상하고 약속장소인 찻집으로 향했다.

슈이치는 아무것도 들고 있지 않았다.

"어제, 학교에 갔다 왔어."

담임선생님이 겐타에 대해서 한 이야기를 들려줬다.

같은 학년 친구가 겐타의 짧은 손가락을 보며 놀리자, 겐타는 이것저것 다친 이유를 대더라는 것이다.

"스포츠카 문에 끼인 거야."

"거북이를 기르다가 물렸어."

"할머니가 칼로 잘라버렸어."

엄마에 대해서는 한마디도 하지 않는다는 말을 듣고 에이코는 눈물을 뚝뚝 흘렸다. 슈이치는 아무 말도 하지 않고 손수건을 건넸다. 오랫동안 사용했는지 회색빛으로 때가 타 있었다.

가게를 나오자, 슈이치는 갑자기 에이코의 손목을 잡고 말없이 걸어갔다. 그러고는 그대로 가까운 러브호텔에 들어갔다.

일 년 만이었다. 감정이 북받쳐 올랐고 에이코의 눈에서 다시 뜨거운 눈물이 흘렀다.

"돌아와줘. 부탁이야."

슈이치는 헤어질 때 한마디 하고는 버스에 올라탔다.

날씨는 아주 맑았고 정오가 조금 지난 시간이었다. 에이코는
천천히 거리를 걸었다.

돌아갈까, 어떻게 할까. 가장 중요한 것도 있고 가장 두려운
것도 있는 곳이다.

달이 떠 있으면 돌아가야겠다고 마음먹고 하늘을 올려다보려
다가 멈칫했다. 만약 달이 없으면 어떡하지. 에이코는 불안한 마
음에 땀이 흐르는데도 계속 앞만 보고 걸어갔다.

도키코는 **사과 껍질**을 입에서 늘
어뜨린 채, 창밖을 향해서 껍질을 벗긴
사과를 내던졌다. 벌거숭이 사과는 엷은
먹빛의 어둠 속에서 하얀 포물선을 그리
며 생각보다 멀리 사라졌다. 그리고 도
키코는 천천히 사과 껍질을 씹었다.

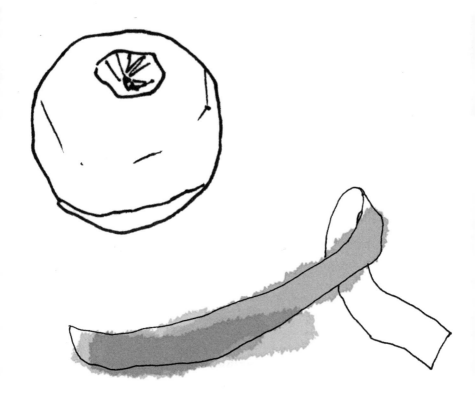

사과 껍질

입장권 이야기를 한 것이 실수였다.

그것만 털어놓지 않았다면 서로 나이 먹을 만큼 먹은 처지에 현관에서 이상한 소리를 내는 일은 없었을 것이다.

노다野田는 의사이기 때문에 사람 몸에 관한 이론은 너무나도 잘 알고 있었지만, 이론을 넘어서면 곧이곧대로였다. 현관 벽에 콘크리트 못을 박다가 방법이 잘못되어서 그랬는지 빨간 불꽃이 튀는 것을 보고 말았다. 노다는 망치로 머리를 긁적이며 여자는 눈꺼풀 안쪽으로 무지개가 보인다고 하는데 정말인지 물어본다.

무지개를 본 적은 없지만 눈꺼풀 안쪽에서 불이 켜지는데, 로스트비프 한가운데가 덜 구워진 것 같은 색이 되는 일은 있다고 가르쳐주었다. 그런데 문득 도키코時子는 못 자리가 너무 높다는 생각이 들었다.

도키코보다 머리 하나는 더 큰 노다는 자신의 눈높이에 맞춰서 못을 박는다. 일주일에 한 번밖에 오지 않는 남자를 위해서 할부로 무리해서 그림을 거는 일이 억울하다는 생각도 들었다. 그런데 최근 1년 동안 거실 달력에서 욕실 목욕 수건을 거는 못에 이르기까지 5센티미터는 높이 박혀 있다. 행복한 일인지 불행한 일인지는 모르겠지만, 일단 오늘은 행복하다고 해두자.

노다의 가운이 벌어진 것을 보고는, 허리끈을 다시 묶어주는데, 갓 샤워하고 나온 따뜻한 온기가 미지근한 보온 기구인 것처럼 두꺼운 타올지를 통해 전해졌다. 딱딱한 콘크리트 벽에 못을 박을 때 느껴지는 울림을 도키코도 같이 몸으로 느끼다가, 그만 실수로 입장권 이야기를 해버렸다.

어둠 속에서 몸에 붉은 혈관이 올라올 때가 있다. 붉은 혈관은 폭 5센티미터 정도로 **허벅지** 안쪽 한가운데쯤에서 두 발의 발목을 향해서 천천히 생겨난다. 보일 때도 있고 안 보일 때도 있다. 뭔가랑 비슷하다고 생각하다가 입장권이었다고 이야기했다 (과거 일본 철도 입장권은 가운데 부분에 가로로 붉은색 줄이 그어져 있었다—옮긴이).

"입장권이라. 그렇구나. 입장권 말이지."

그리고 노다는 옆에 진찰기록카드가 있으면 적어두고 싶다는 눈빛으로 소리를 내어 웃었다.

어두운 곳에서 나란히 누워서 할 이야기를 샤워 후의 온기가 남아 있는 상태로 현관에 서서 한다는 사실이 우스워서 도키코도 따라 웃었다. 그때 현관 초인종 소리가 울렸다.

노다가 샤워를 하러 들어가기 전에 주문한 장어 배달이다. 마침 시간 맞춰 잘 왔다며 웃으면서 문을 열었더니, 남동생인 기쿠오菊男가 서 있었다.

쉰 살이 되려면 아직 2, 3년은 남아 있는데, 원래 새치가 있던 머리는 벌써 회색빛이다. 기쿠오는 머리와 같은 색 외투를 입고 있었다. 작은 눈을 두세 번 깜빡이더니 갑자기 아무것도 보지 않았다는 눈이 되었다.

"나중에 올게."

도키코가 말할 틈도 없이 기쿠오는 문을 닫았다.

기쿠오는 교재 관련 회사에서 근무하고 있다. 올 4월에 둘째가 대학에 들어가는데 지금 살고 있는 공영주택은 아무래도 좁다며, 새집 계약금에 쓸 돈을 조금 빌려달라고 했었다.

오늘 도키코의 회사에 전화를 걸었다가 감기로 결근했다는 말을 듣고 병문안 겸 돈 이야기를 하려고 들른 것이 분명했다.

기쿠오가 아무것도 보지 않은 눈을 하는 것은 처음이 아니었다. 도키코가 전 남편과 문제가 생겼을 때도 키쿠오는 자신이 감당할 수 없는 일은 보이지 않으며, 보지 않았다는 눈으로 일관했다.

분명히 조금 전에도 그랬다. 누나 뒤에 서 있던, 목욕가운을 입고 망치를 들고 있는 남자를 동생은 보지 않았다. 그래서 뭐 하는 남자인지, 처자식은 있는지, 재혼할 생각인지 등은 한마디도 묻지 않을 것이다. 하지만 그 웃음소리를 들어버렸다.

바로 뒤따라서 배달온 장어는 유난히 비려서 도키코는 평소와 달리 절반 정도 남겼다.

시간 여유가 많을 때는 꼭 버스뿐 아니라 지하철도 빨리 온다. 마지못해 어딘가를 갈 때는, 시간표대로 의기양양하게 달려오는 교통수단까지 자신을 놀리는 것 같아서 도키코는 화가 났다. 생각보다 빨리 시부야에 도착했다. 근처 백화점 외벽에 걸린 대형시계 바늘이 삐거덕거리며 힘겹게 한 눈금 움직이더니 5시 30분을 약간 넘어섰다.

도키코는 가방을 옆구리에 끼고 백화점에 들어갔다. 가방에는 점심시간에 은행에 가서 인출한 100만 엔이 들어 있었다.

기쿠오의 3일 전 눈이 떠올랐다. 오늘밤도 기쿠오는 그때와 똑같이 아무것도 보지 않은 눈으로 돈을 받을 것이다. 보지 않은 일에 대해서는 말하지 않기 때문에 분명히 아내에게도 그 일을 이야기하지 않았을 것이다. 그런 생각을 하며 도키코는 시간을 보내기 위해서 천천히 백화점 안을 돌아다녔다.

연말이 가까워진 탓인지, 백화점은 사람들로 북적였다. 사람들 열기로 땀이 날 정도였지만 도키코는 외투를 벗기도 귀찮았다. 다양한 색과 모양이 주위에서 흔들거리고 있었다. 여러 음악과 말, 아이 울음소리가 서로 교차하고 있었다. 모두가 도키코와는 아무 상관이 없었다. 도키코가 갖고 싶은 것은 이 백화점에서 팔지 않는다. 지금 자신은 그때의 기쿠오와 같은 눈을 하고 있고, 이럴 때일수록 소매치기를 조심해야 한다는 생각에 가방을 끼운 팔에 다시 한 번 힘을 주었다. 그때 옆에서 목소리가 들렸다.

"한번 착용해보세요."

헤어위그라고 하는 가발 매장이었다.

평상시라면 매몰차게 뿌리치고 갔겠지만, 도키코는 점원이 권하는 대로 삼면거울 앞에 자리를 잡았다.

머리카락을 가르면 흰 머리가 눈에 띈다. 밤색으로 물들일까도 생각했지만 머리카락이 빨리 자라는 편이라서 염색을 게을리 하면 뿌리 부분은 검정과 회색이 뒤섞이고 끝부분은 밤색이 되어 이상한 파꽃처럼 되기 십상이기 때문에 미루고 있었다. 갑자기 외출할 때는 가발도 나쁘지 않다. 지금은 무엇보다 앉아 쉬면서 시간을 보낼 수 있어 다행이다.

젊은 여자 점원이 도키코의 머리에 가발 밑에 쓰는 그물망을 씌워주었다. 검은 망 모자인데, 머리 꼭대기에 구멍이 뚫려 있어서 위로 모아올린 머리카락을 그곳으로 꺼낸 다음 핀으로 고정

시키도록 되어 있었다.

변신하기 전 모습은 우스꽝스럽다. 머리카락을 모두 잡아당긴 얼굴은 하얀 형광등 아래에서 서너 살은 더 나이 들어 보였다. 구매 의사가 없는 사람의 얼굴은 백화점 거울에 분별력은 있으나 죽은 얼굴처럼 비치는지도 모른다. 그건 그렇고 이 머리로 '입장권'이라니 잘도 생각해냈다. 도대체 어디로 가는 입장권이라는 걸까.

여자 점원은 붙임성 있게 말하며, 검은 순무 같은 모습을 한 도키코의 머리에 가발을 이것저것 씌워주었다. 검정색과 밤색, 모두 써봐도 한결같이 부자연스러웠고 물건도 그다지 좋아 보이지 않았다. 머리카락은 그 사람의 표정 위에서 자란다. 어색할 정도로 가지런하게 정리된 머리카락은 머리의 '얼굴' 같아서 어쩐지 기분이 으스스했다. 아쉽지만 다음에 올게요. 말을 하려다가 도키코의 마음이 갑자기 바뀌었다.

기쿠오 집에 가면서 가발을 쓰고 가자.

"형님, 머리가 왜 그래요?"

기쿠오의 아내인 마스요益代가 약간 얼빠진 듯이 말을 하면, 거북해하지 않고 이야기를 이어나갈 수 있을 것이다. 나일론제는 2만 엔, 인모는 3만 엔부터라고 했다. 밤색 인모를 쓰려는 순간, 왼쪽 눈이 약간 따끔했다. 털끝에 눈을 찔렸던 것이다. 생전 알지도 못하는 타인의 털이라는 생각 때문인지, 머리카락 같지 않게 아팠다. 게다가 안에서 검은색에서 흰색으로 바뀌는 **옥수수** 색의 머리카락을 한 올 발견했다. 검지도 하얗지도 않은 사람 털은 불쾌했다. 도키코는 밝은 밤색의 나일론세를 사서 머리에 쓰고 백화점을 나왔다.

밖으로 나왔는데 가발은 모자를 쓴 것만큼 따뜻했다. 머리에 붕대를 감고 그 위에 털모자를 쓴 것 같아서 신경이 쓰였다. 유리창에 비친 모습도 자신을 닮은 다른 사람 같았다. 익숙하지 않아서 그런지 눈썹을 움직이면 가발은 자꾸만 슬금슬금 위로 올라갔다. 그렇다고 사람 많은 역 앞에서 벗을 수도 없었다.

과일가게 앞에 있는 거울을 보며 가발을 고쳐 쓰다가 소매 자락으로 한 바구니 300엔이라며 쌓아놓은 사과를 무너뜨렸다. 굴러가는 사과 한 개를 쫓아 인도 끝까지 뛰어갔다. 그러고는 가볍게 인사하며 사과를 받고 있는 젊은 점원에게 빨간 사과를 휙 하고 던져주었다.

그때가 전쟁이 끝나고 얼마나 지났을 무렵일까?

지방에서 은행 지점장을 하던 도키코의 아버지가 도쿄 본사로 발령을 받으면서, 철로를 따라 지어진 사택에서 살게 되었다. 본래는 고미술가의 집이었다고 한다. 마당이 넓은 옛날풍으로 지어져서 방이 많고 상당히 큰 집이었다.

학교 사정상 먼저 상경해서 친척집에 있는 도키코와 남동생

기쿠오에게 아버지는 하룻밤만 그 집에서 지내라고 했다. 집 없이 떠도는 사람들이 빈집에서 모닥불을 피우다가 불을 낸다는 신문기사가 났을 때였다. 다음 날이면 바닥과 벽을 하러 사람들이 올 게다. 집 보는 일도 다 너희들이니까 믿고 시키는 거란다. 이불도 없고 난방도 안 되지만 무조건 하룻밤만 지내라. 그리고 아버지는 일을 마저 끝내기 위해서 우에노上野에서 야간열차를 타고 가버렸다.

겨울밤이었고 매서운 바람이 세차게 불고 있었다.

대학 1학년인 도키코와 고등학교 2학년인 기쿠오는 군대모포를 염색한 것 같은 서벅서벅한 남색 외투를 입고 그 집 문을 열었다. 착오가 있었는지 전깃불도 들어오지 않았다.

더듬거리며 안으로 들어갔다. 온기도 없이 그저 넓기만 한 빈집은 이가 덜덜거릴 정도로 추웠다. 몸을 녹이고 싶었지만 불도 없고 주전자도 없었다.

도키코는 현관문을 들어서면 바로 있는 3평짜리 방, 기쿠오는 그 옆에 있는 2평 반짜리 방으로 가서 각각 벽에 등을 기댄 채 외투를 뒤집어썼지만, 허기와 추위 때문에 도저히 잠이 오지 않았다. 어두우면 유난히 춥게 느껴지는지도 모른다. 매서운 바람이 엉성한 덧문과 현관 유리문을 마구 흔들었다.

어둠에 익숙해지자, 기쿠오도 잠이 오지 않는 모양이었다. 살짝 열어둔 문 건너편에서 검은 물체가 움직이는 모습이 보였다.

"얘, 성냥 없어?"

"그런 게 왜 있어."

"담배 피우지 않아?"

"안 피워."

목소리를 내보고 알았다. 도키코의 목소리는 평소와 다르게 약간 쉬어 있었다. 기쿠오도 남자, 즉 어른 목소리가 되어 있었다. 변성기는 꽤 오래전에 지났지만, 어둠 속에서 듣는 남동생의 목소리는 아버지 그대로였다.

오랫동안 침묵이 흘렀고 무슨 냄새가 났다.

포마드와 담뱃진을 섞은 것 같은, 이발소에서 목에 두르는 흰색 천이 목 근처에서 품어내는 냄새였다. 빨래를 게을리 해서 나는 양말 냄새였다. 잉크지우개 같은 냄새도 섞여 있었다. 실내 공기가 암죽처럼 무거워졌다.

이럴 때는 무슨 말이든 하는 것이 좋다.

그때 현관 유리문을 거칠게 두드리는 소리가 났다.

"안에 누구 없어요?"

젊은 남자의 목소리였다.

밖에서 손전등 불빛이 안을 비추며 흔들렸다. 목소리로 볼 때 남자 두 명 같았다.

'이 집 전 주인인데 놓고 간 물건이 있어서 가져가고 싶다'는 것이었는데, 소리치면서도 계속 문을 덜컹거리며 흔들었다.

도키코는 '내일 오시라고 하자'고 기쿠오에게 말하려고 했다.

"안에 사람 있죠? 있으면 열어주세요. 훔치러 온 거 아닙니다. 내 물건 찾으러 온 것뿐이라고요."

술기운이 있는 듯한 탁한 목소리는 점점 커져만 갔다. 전화도 없고 이웃집도 멀다.

기쿠오는 손전등 불빛으로부터 도키코를 감싸는 듯하더니 도키코가 있는 방으로 들어왔다.

"누나, 나오지 마."

기쿠오는 속삭이더니 혼자서 문을 열었다.

남자들은 복원복(소집해제 되었다는 것을 나타낸 옷─옮긴이)을 입고 있었는데, 별채 벽장으로 가서 천장 판자를 들어올려 그 속에 감춰둔 일본도刀를 열 자루 정도 꺼내어 커다란 보자기에 싸가지고 갔다고 했다. 점령군에게 건네지 않은 어둠의 물품이었다. 도키코는 어둠 속에서 숨을 죽이고 남자들이 돌아가기만 기다렸다.

남자들 중 탁한 목소리가 아닌 덩치 작은 남자가 카키색 외투 주머니에서 사과 두 개를 꺼내서 기쿠오에게 던져주었다.

문을 잠그는 기쿠오의 기척에 도키코는 현관으로 나갔다.

"골동품 장수가 아니었어. 그냥 암거래 상이야."

기쿠오는 사과 한 개를 도키코에게 던졌다. 뿌연 유리 격자문 너머로 달빛이 보였다. 희미한 어둠이라고 해야 할까, 희미한 불빛이라고 해야 할까. 그 속을 빨간 사과가 작은 포물선을 그리며 날아왔다.

기쿠오는 2평 반짜리 방으로 돌아갔고, 도키코도 아까와 같은 3평짜리 방으로 가서 웅크리고 앉았다. 사과를 깨무는 소리가 크게 들렸다. 잠시 후 달콤새콤한 향이 흘러들어왔다. 손에 쥔 사과는 차가웠다. 치마에 문질러 닦고 이를 대자 오한이 들 정도였다. 깨무니까 왕겨가 입속에 느껴졌다. 도키코는 몸을 떨면서 아까 그 남자는 이 집에 다른 사람이 한 명 더 있다는 사실을 알았던 게 아닐까 하고 생각했다. 손전등의 동그란 불빛은 현관 구석에 벗어둔 도키코의 운동화를 비췄을 것이다. 그래서 사과 두 개를 주고 갔던 것이다.

도키코는 기쿠오네 주려고 산 사과 봉지를 무릎 위에 놓고 전철에 앉아 있었다. 그 남자들이 오지 않았더라도 별다른 일이 있지는 않았을 것이다. 단지 그때의 작고 차가운 사과가 그날 밤 남매를 편안하게 잠들 수 있게 해주었을 뿐이다.

결국 도키코는 기쿠오에게 돈을 건네지 않았다.

공영주택 계단을 올라가서 문 앞까지는 갔지만 초인종을 누르지 않고 발길을 돌렸다. 환풍기를 통해서 생선 굽는 냄새가 흘러나왔기 때문이다. 남동생 부부와 아이 둘. 네 식구가 생선 네 토막을 사서 굽고 있다. 남매 사이라도 이제 끼어들 공간은 없었다.

이렇게 될 줄 알고 있었다.

알면서도 식사시간에 간 것은 자신에 대한 변명일까, 상처의 아픔을 즐기고 있는 걸까. 가발로 무거워진 머리로는 판단할 수 없었다.

집으로 돌아가는데, 머리도 사과도 무거워서 아파트 단지 입구에서 나가는 택시를 잡았다. 타려고 하다가 문 위쪽에 가발이 걸려버렸다. 핀으로 고정시켜 두었기 때문에 도키코는 머리를 빼내지 못했고, 택시에서 내려 잔돈을 주머니에 넣던 남자의 도움으로 걸린 가발을 겨우 벗을 수 있었다. 자기 머리 높이보다 아주 약간 높아졌을 뿐인데도 이렇게 걸려버린다. 웃음을 참고 도와준 남자에게 고맙다는 인사를 하고 가발은 손에 씌운 채 밤거리를 달려서 집으로 왔다.

아파트 문을 열었더니, 노다가 못을 박고 걸어준 그림이 기울어져 있었다. 도키코는 큰일에는 별로 신경을 쓰지 않는데, 그림이 삐뚤어져 있으면 바로잡지 않고서는 못 배기는 성격이다. 그림을 똑바로 걸고 거실에 가서 항아리의 시든 꽃을 버린 다음, 그 속에 100만 엔을 숨겼다. 그리고 받쳐 들고온 밝은 밤색 가발을 꽃 대신에 살짝 얹었다. 하얀 항아리는 볼이 통통한 젊은 여자 같아서 가발이 잘 어울렸다.

하얀색 과일 쟁반을 꺼내서 사과를 담았다.

항아리도 쟁반도 도키코의 형편에 과분할 정도로 좋은 것들이다. 색과 모양을 음미하며 고민 끝에 장만한 것이다. 항아리와 쟁반뿐만이 아니다. 가구, 쿠션, 커튼, 수건에 이르기까지 도키코는 마음에 들지 않는 색이나 모양이 시야에 들어오면 불안해지는 성격이었다.

조화가 안 되는 색의 옷을 입어야 한다면 차라리 수년 동안 입은 검은 스웨터가 낫다. 스피츠 개가 싫고 퀴즈 프로그램은 보지 않는다. 꽃무늬 전자제품은 절대 사지 않는다. 새끼손가락 손톱을 기른 남자, 빨간 넥타이를 매는 남자, 그리고 호걸처럼 웃는 남자는 싫다. 이런 점들만 신경 쓰며 30년을 살아온 것 같았다.

도키코는 사과 하나를 집어서 껍질을 깎기 시작했다. 언제나 껍질은 가늘고 길고 똑같은 두께로 중간에 절대로 끊어지지 않게 깎는다. 나이프는 해외여행을 갔을 때 골동품 가게에서 산 오래된 은제품이다. 그런데 이런 것들이 도대체 무슨 소용이란 말인가.

기쿠오는 누나인 도키코와 정반대다.

그저 그런 몸집, 그저 그런 직장, 그저 그런 아내와 자식들. 감당할 수 없는 일은 보지 않고 사는 기쿠오의 방식이 도키코는 답답하다고 생각한 적도 있었다. 하지만 나이든 동물이 눈에 띄지

않게 조금씩 뚱뚱해지는 것처럼 어느새 열매를 맺어가고 있었
다. 오늘밤 공영주택 환풍기에서 흘러나오는 생선 굽는 냄새는
그 열매의 냄새였다.

늘어진 사과 껍질의 겉은 빨갛고 안은 새얗다. 가장자리는
약간 붉은 다홍빛으로 물들어 있었다. 도키코는 다 깍은 기다란
소용돌이를 입에 넣었다.

창문을 열자 12월의 밤바람이 들어와서 항아리 위에 얹어놓
은 밤색 가발을 장난치듯이 흔들었다. 마치 살아 있는 목처럼 보
였다.

도키코는 사과 껍질을 입에서 늘어뜨린 채, 창밖을 향해서 껍
질을 벗긴 사과를 내던졌다. 벌거숭이 사과는 엷은 먹빛의 어둠
속에서 하얀 포물선을 그리며 생각보다 멀리 사라졌다.

그리고 도키코는 천천히 사과 껍질을 씹었다.

이번 골목, 다음 모퉁이. 계속 생각하다
가 결국 버리지 못하고 역에 도착했다.
앵무새는 비둘기의 두 배 정도 크기
였지만 죽어서 그런지 생각보다 무거웠
다. 신경을 쓴 탓에 평소보다 배는 땀을
흘렸다.

시큼한 가족

　담배를 끊고 이제 석 달인데, 구키혼九鬼本은 아침에 눈을 떠서 자리에서 일어날 때까지의 시간을 어떻게 보내야 할지 모르겠다.

　눈을 떴을 때 특별히 새로운 것이 보이지도 않는다. 싫증난 벽과 선물로 받은 싫증난 그림이 보인다. 빛바랜 커튼도 보인다. 아침을 모두 같이 먹지 않으면 성가시다며 아이들을 깨우던 아내의 새된 목소리도 요즘은 들리지 않는다.

　쉰을 넘은 남자들 중에서 매일 아침 희망에 부풀어 눈 뜨는 사람이 어디 있을까.

　더구나 이제는 젊었을 때처럼 기분 좋은 꿈도 좀처럼 꾸지 않는다. 그러한 사실들을 슬쩍 넘기는 데 담배는 참으로 편리했다. 술을 끊고 담배는 좀 줄이는 정도로 하지 않은 것이 후회되었다.

매일 아침 한 번씩 하는 생각이지만, 그날 아침은 담배 생각을 채 하기도 전에 일어나야만 했다.

고양이가 앵무새를 물고 왔다.

초록색 앵무새는 거실 탁자 아래에 뒹굴고 있었다. 고양이 울음 소리에 아내가 부엌에서 뛰어나왔을 때는 아직 날개를 파드득거리고 있었다고 한다. 하지만 구키혼이 봤을 때는 갈고리 모양의 발톱을 구부리고 둥글게 말은 두꺼운 혀를 까만 조개 같은 부리에서 내민 채 꼼짝하지 않고 있었다. 옆에서는 고양이가 자신의 털을 핥고 있었다.

"또 야?"

본래 새 잡기가 특기인 고양이라서 지금까지 참새, 물까치 등을 물고 와서 보여준 적은 있었지만, 앵무새처럼 큰 새는 처음이었다.

도심에서 떨어진 외곽지역이긴 해도 야생 앵무새가 있을 리 만무하기 때문에 어느 집에서 기르던 새가 분명했다.

"여보, 어떡해요?"

이럴 때 반드시 아내는 구키혼을 원망하는 말투가 된다.

5년 전에 구입한 이 집은 이사를 오자마자 쥐가 나왔다. 매달 지불하는 할부금만큼 쥐가 갉아먹는 게 아니냐고 회사에서 농담을 했더니, 마침 새끼를 낳았다며 직속 상사가 수컷 얼룩고양이를 이사 선물로 줬다.

먹이를 많이 주지도 않았는데 고양이는 순식간에 살이 쪘고, 나쁜 짓을 저질러서 뒤치다꺼리를 하게 만들었다.

그때마다 아내, 아니 요즘에는 딸까지 구키혼을 탓하는 말투다.

"어떡하긴. 죽은 걸 어쩌겠소. 어디 근처에 묻어야지."

"근처라니, 어디요?"

아내가 날카로운 목소리로 덧붙였다.

"우리 집 마당은 절대 안 돼요."

손바닥만 한 마당에 이렇게 큰 새를 묻으면 기분이 나쁘다고 했다. 또 세탁물 하나를 널 때도 발밑에 시체가 묻혀 있다고 생각하면 으스스하다고 했다.

"그러면 비닐봉지에 싸서 바깥 쓰레기통에라도."

버려야지, 라고 말을 채 마치기도 전에 아내와 딸이 동시에 반대했다. 말도 안 된다는 것이다.

이웃 간의 왕래는 없지만 서로 쓰레기 내용물에는 예민하다고 한다. 어느 집에서 뭘 버렸는지 모두 파악하고 있다. 앵무새를 버린 사실이 알려지면 당장 소문나서 앵무새 주인 귀에 들어가게 되고 그러면 일이 복잡해진다.

"안녕. 안녕."

가만히 듣고만 있던 아들이 갑자기 기묘한 목소리를 냈다. 앵무새 흉내다.

"그만 해. 기분 나쁘잖니."

아내가 질색했다.

"어젯밤까지 사람 말을 하던 녀석을 쓰레기통에 버리다니 불쌍하지 않아요?"

듣고 보니 맞는 말 같았다.

대학생 아들한테 심부름 값으로 1,000엔 정도 쥐어주고, 묻든지 버리든지 적당히 처리하게 하려고 안방에 지갑을 가지러 갔다. 그사이에 눈치 빠른 아이들은 나가버렸고, 결국 구키혼이 종이봉투에 앵무새를 넣어서 집을 나서게 됐다.

버린다는 일이 이렇게 어려운 줄은 꿈에도 몰랐다.

구키혼의 직장은 홍보 관련 대리점이기 때문에 출근 시간이 러시아워와는 한 시간 정도 차이가 난다. 그런데도 역으로 가는 길에는 직장인들의 모습이 끊이지 않았다.

평소에는 버스를 타는데 이 날은 걸어가기로 했다. 도중에 '어디 근처 쓰레기통에라도 버리자'고 쉽게 생각하고 집을 나선 것이 큰 실수였다.

일단, 쓰레기통이 온 세상에서 모조리 자취를 감춰버렸다.

어릴 때부터 익숙해져 있는 탓인지, 구키혼의 머릿속에는 콜타르를 바른 사각의 쓰레기통이 있었다. 자기 집 쓰레기통에 버리는 것은 꺼림칙하니까, 뒷골목 음식점 따위의 큰 쓰레기통의 뚜껑을 검정색 끈적이가 묻지 않도록 손가락 하나로 열고 숨을 잠시 멈춘 다음, 그 안에 종이봉투를 던져 넣으면 된다는 심산이었다.

큰 소리로 떠들기는 뭐하지만 옛날에는 참 편리했다.

개천이 있었고 빈 터가 있었다.

사람이 사는지 안 사는지도 모르는 커다란 저택도 있었다. 종이봉투에 넣은 새 한 마리쯤 얼마든지 버릴 수 있었는데, 지금은 쓰레기통밖에 버릴 곳이 없다.

그런데 운도 없어서 이번 골목에서 버리기로 마음먹고 다가가서 뚜껑을 열려고 하면, 바로 앞의 아파트 창문이 열리면서 이를 닦는 남자 얼굴이 보였다. 아니면 머리에 헤어롤을 말고 홈웨어를 입은 여자가 샌들을 질질 끌고 나와서는 쓰레기를 버리고 머리를 긁적거리면서 구키혼을 힐끗 보고 들어갔다.

공용 쓰레기장이니까 가볍게 인사나 하고 쓰레기통 위에 종이봉투를 슬쩍 올려놓고 와도 되겠지만 양심은 있어서 그런지 아무래도 선뜻 내키지 않았다.

이번 골목, 다음 모퉁이. 계속 생각하다가 결국 버리지 못하고 역에 도착했다.

앵무새는 비둘기의 두 배 정도 크기였지만 죽어서 그런지 생각보다 무거웠다.

신경을 쓴 탓에 평소보다 배는 땀을 흘렸다.

그래, 역 화장실에 버리자. 마음먹고 갔더니 청소 중이라는 팻말이 걸려 있어서 들어갈 수 없었다. 승강장 쓰레기통에 가까이 가면 옆에 역무원이 서 있었다.

"오기쿠보—."

스피커 상태가 좋지 않은지 역 이름을 안내하는 방송까지 앵무새 소리처럼 들렸다.

이것저것 시도를 했지만 결국 모두 실패하고 구키혼은 종이봉투를 안고 전차에 올라탔다.

구키혼은 종이봉투를 그물선반 위에 올려놓고 밖을 내다봤다.

이대로 내려버리면 된다.

가장 간단한 방법을 왜 생각하지 못했을까.

다음 역에서 앞에 앉아 있던 승객이 내리자 구키혼은 그 자리에 앉았다. 그런데 갑자기 안절부절못할 정도로 불안해졌다.

머리 위에 있는 종이봉투가 신경 쓰여서 견딜 수 없었다.

죽은 새 아래에 앉아 있다고 생각하니까 도저히 가만히 있을 수 없었다. 비닐봉지에 넣었기 때문에 괜찮겠지만, 더위 속을 15분이나 들고 걸어왔다. 만약에 툭 하고 빨간 물이라도 떨어졌다가는 일대 소동이 벌어진다.

구키혼은 종이봉투를 그물선반에서 내려 무릎 위에 놓았다가 다시 발밑에 내려놓았다.

버리자, 버려야 해. 계속 생각하면서도 마지막 용기가 부족해서 질질 미루며 가지고 다녔다. 지금의 이 느낌, 지난 기억이 되살아났다.

구키혼이 처음 취직한 곳은 나카노中野 역 근처의 작은 광고 회사였다.

학창 시절, 연극에 빠졌다가 정신을 차렸을 때는 이미 취업활동을 하는 데 상당히 뒤쳐져 있는 상황이었다.

그곳은 사장님 이외에 직원 다섯 명을 거느리고 간단한 교육 필름을 만들거나 상점가의 행사를 담당하는 소규모 회사였다.

이름만 빌딩일 뿐 뒷골목에 있는 2층짜리 모르타르 건물이었다. 아래층에는 주인집 미용실이 있었고, 삐걱거리는 나무 계단을 올라가면 왼쪽이 문서 출력소, 오른쪽의 베니어판 문 달린 곳이 그가 근무하는 사무실이었다.

구키혼은 온갖 일을 다 처리했다.

봉투에 주소 쓰기, 등사판 인쇄, 선전 포스터와 간판의 애벌칠. 그리고 소형 트럭에 빨갛고 하얀 얼룩덜룩한 현수막을 붙여서 급조한 선전용 자동차를 타고 직접 문안을 쓴 양품점 대방출 선전을 역 앞에서 한 적도 있다.

'소주 아가씨'라는 행사 때는 극에 달했다.

영화사의 신인들로 별로 예쁘지도 않은 아가씨들을 다섯 명 데리고 와서, 당시에는 노출 수위가 높았던 등이 완전히 파인 드레스를 입혀서 오픈카에 태워 선 보이는 일이었다. 그때 지시를 하던 사장이 구키혼을 불렀다.

아래층 미용실에 가서 제모크림을 얻어오라는 것이다.

이유를 몰라서 멍하니 서 있는 구키혼에게 사장은 '눈치가 없는 녀석이군'이라는 표정으로 반팔 셔츠를 입은 자신의 겨드랑이를 가리켰다.

"그대로 둔 애가 있잖아."

손님이 북적거리는 아래층 미용실에서 제모크림을 얻어오는 일도 창피했지만, 만세를 한 여자애들의 겨드랑이에 크림을 발라주고, 간지럽다며 꺄악꺄악 웃는 소리를 듣고, 반쯤 녹은 짧은 털과 유황 냄새가 나는 백색크림을 휴지로 닦아준 다음, 물에 적신 수건을 건네주고 있자니 더 이상 못 해먹겠다는 생각이 들었다.

얼마 전 심부름을 다니다가 대장성(현 재무성으로 한국의 재정경제부에 해당한다—옮긴이)에 갔을 때, 복도에서 우연히 마주친 대학시절 친구로부터 상사商社에 들어간 동창생의 미국행 소식을 듣게 된 일도 작용했다.

나는 도대체 뭘 하고 있는 걸까. 한심하다는 생각이 들었다.

구키혼은 그 당시 구입한 한 장의 레코드를 아직도 기억한다.

A면에는 당시 크게 유행하던 〈테네시 왈츠〉, B면에는 사치모의 〈장밋빛 인생〉이 들어 있었다.

노래로는 〈장밋빛 인생〉을 더 좋아했지만, 하는 일은 인생에 휘둘리는 〈테네시 왈츠〉였다.

바로 그 무렵, 진나이陣內 집안과 알게 되었다.

자위대의 전신인 경찰예비대의 훈련용 교재를 만들고 있을 때였다.

거래하던 사진관에서 정규 요금으로 확대 주문을 하면 남는 것이 없다고 해서, 직원 한 명이 찾아낸 곳이 진나이였다.

진나이는 진나이 사진관의 주인이다.

사진관이라고 해도 이름뿐이었다. 나카노 역 뒷골목의 불타고 남은 땅에 지은 3평 정도의 방 한 칸짜리 가건물이었다.

모두 불에 타 쫓겨나서 이곳에 자리를 잡았는지, 아무튼 이 집의 벽장이 진나이의 암실이었고, 3평 남짓한 공간이 응접실 겸 사무실이었으며 아내와 세 명의 아이들이 먹고 자는 장소였다.

진나이를 담당하게 된 사람이 구키혼이었다.

진나이의 외모에는 믿음이 안 갔지만 실력은 뛰어났다.

벽장 암실에서 했다고는 믿기지 않을 정도로 뛰어난 기술이었고 납기일 또한 정확했다. 가격도 미안할 정도로 쌌다.

그래도 진나이는 항상 굽실거리며 감사하다고 인사했다.

그리고 구키혼이 찾아가면, 조금이라도 더 마음에 들기 위해서 신경을 썼다.

진나이 사진관은 정말이지 숨 막히게 좁았다.

날씨가 맑은 날은 괜찮은데 비라도 오면 풍로에서 세탁물에 이르기까지 모두 집 안으로 들일 뿐 아니라, 평소에는 밖에서 노는 어린 두 아이들이 들어오기 때문에 발 디딜 틈도 없었다.

구키혼이 들어가면 진나이는 아내에게 호통 치며 주변을 치우기 시작했다. 치운다고 해도 옆으로 밀어서 쌓아놓는 것뿐이었지만, 그렇게라도 하지 않으면 앉을 곳조차 없었다.

진나이의 아내가 내놓은 미지근하고 흐릿한 차를 마시다가 구키혼은 그가 집 안의 모든 것들을 직접 만들었다는 사실을 알게 되었다.

천장, 기둥, 창틀까지 모두 제각각인 재질과 길이를 잇고 묶어서 그럭저럭 집 모양을 이루고 있었다. 유리도 한 장이어야 될 부분에 두께가 다른 두 장을 테이프로 붙여놓기도 했고, 늘어나서 들뜬 다다미도 버려진 것을 한 장, 두 장 주워왔다고밖에 생각할 수 없었다.

집뿐 아니라 솥에서 밥공기에 이르기까지 모두 주워온 것 같았다.

도쿄는 복구의 기미는 보였어도 아직 전쟁의 흔적이 많이 남아 있었다. 그래서 진나이 사진관 같은 집도 꽤 많았지만, 구키혼의 가까운 친척 중에는 모든 게 불에 타서 내몰린 사람이 없기 때문에 모두가 놀라운 일이었다.

그중에서도 냄새에 가장 놀랐다.

말도 못하게 시큼했다.

구키혼은 처음에 고모쿠즈시(생선, 조개, 야채 등을 잘게 썰어 밥과 섞은 초밥의 한 종류—옮긴이)라도 왕창 만들었다고 생각했다. 영업용 현상액 냄새라고 생각했지만 아니었다.

시큼하다고 해서 코를 톡 하고 쏘지는 않는다.

여름에 방금 한 밥에 초를 섞어서 부채질을 할 때 나는, 찐 것 같은 시큼함이었다.

서늘해지면 김초밥이나 유부초밥 냄새로 바뀌었다.

온 집 안에 냄새가 진동을 했다.

아니, 집에 있는 사람에게서도 시큼한 냄새가 풍겼다.

찻잔도 불에 타 없어진 곳에서 주워온 것 같아서 더 마시기를 사양하고 밖으로 나가자 진나이가 쫓아왔다.

작은 몸을 바짝 대더니 구키혼의 주머니에 봉투를 쑤셔 넣었다. 일을 시켜준 리베이트다. 돌려주려고 하자, 그 손을 누르는 힘이 왜소한 체격에 어울리지 않게 셌다.

토란 같은 머리, 150센티미터 정도 되는 신장에 깡마른 가슴, 기름기도 물기도 없는 몸, 본래 무슨 색이었는지 알 수 없는 반팔 셔츠에서도 고모쿠즈시 냄새가 났다. 어쩌면 목욕 값을 아끼고 있었는지도 모른다.

구키혼이 진나이의 딸인 교코京子를 〈올바른 양치질 방법〉이라는 교육영화 모델로 출연시킨 이유 중 하나는 예산이 없었기 때문이다.

교코는 평범한 얼굴이었지만 이는 정말 깨끗했다. 계속 리베이트를 받고 있었기 때문에 모델료라는 명목으로 그 마음을 갚고 싶기도 했다.

그런데 진나이 집에서는 구키혼의 마음을 오해했다.

구키혼이 진나이 사진관에 가면 아내 대신에 교코가 차를 내오게 되었다.

그 일이 일어난 것은 키티인지 캐서린인지, 여자 이름의 태풍 소식을 전하는 뉴스를 들으면서 야근을 하고 있을 때였으니까 여름 끝 무렵이었을 것이다.

혼자 사무실에 남아 있는 구키혼에게 교코가 우산을 가지고 왔다. 고맙다는 인사를 하고 교코를 돌려보낸 뒤 30분쯤 지나서 나갔더니 처마 밑에 교코가 서 있었다.

흰색 면 원피스가 젖어서 몸에 달라붙어 있었다. 머리고 얼굴이고 흠뻑 젖어 있었다.

그날 밤 어떤 마음으로 교코랑 같이 보냈던 걸까.

〈테네시 왈츠〉도 〈장밋빛 인생〉도 아니었다. 더 이상 견딜 수 없는 현재의 직장, 한 걸음씩 착실히 계단을 올라가는 친구들, 마음에 들기 위해서 안쓰러울 정도로 마음을 쓰는 진나이, 그 진나이로부터 리베이트를 받는 자신, 모든 일들이 원인이었던 것 같지만 지금 생각해보면 단지 스물여섯이라는 젊음 때문이었는 지도 모른다.

비에 젖은 교코에게서 고모쿠즈시 냄새는 나지 않았다. 냄새 가 났었던 사실조차 잊고 있었다.

그로부터 얼마 지나지 않아서, 신문 구인란을 보고 긴자銀座 에 있는 큰 광고회사에 입사시험을 봤고 채용이 결정되었다.

구키혼은 기뻐서 하늘을 나는 기분이었다.

새 회사는 당당한 8층짜리 철근 건물이었다.

냉난방도 들어왔다.

세상 사람들이 모두 이름을 아는 일류회사였다. 월급도 거의 배로 올랐다.

구키혼은 하숙집을 옮겼다.

이제까지의 것들은 모두 버리고 싶었다.

여자애들 겨드랑이에 제모크림을 바른 일, 그리고 진나이 사진관에서 리베이트를 받은 일도 버리고 싶었다. 그 속에는 시큼한 가족도 교코도 포함되어 있었다.

교코와는 그 뒤로 서너 번 만났다.

미래를 약속하는 말은 한마디도 하지 않았다. 하지만 비록 변명일지라도 헤어지는 인사만은 해야 했다.

그런데 뭐라고 말을 해야 하는 걸까.

아버지가 시킨 건지 모르겠지만, 교코가 구키혼의 마음에 들기 위해서 최선을 다하는 모습을 보기가 괴로워졌다고는 할 수 없었다.

두 번째였는지, 세 번째였는지 잊어버렸지만 싸구려 온천에 갔을 때, 마시다 만 차를 지붕 위에 휙 하고 던지는 교코의 손짓이 진나이의 아내와 똑같아서 싫어졌다고는 할 수 없었다.

다리 아프게 걸으면서도 아무런 말도 꺼내지 못하고 같이 나카노 역까지 왔을 때, 아버지인 진나이를 딱 하고 마주쳤다.

진나이는 교코를 집으로 보내고 구키혼과 역 앞에 있는 닭꼬치집으로 들어갔다. 닭꼬치는 이름뿐, 소나 돼지의 내장을 팔고 있었다.

진나이는 말없이 질긴 고기를 씹는 구키혼의 어깨를 두드리며 입사를 축하했고 한마디 덧붙였다.

"됐어요, 됐어. 아무 말 안 해도 돼요."

그리고 구키혼의 주머니에 봉투를 밀어 넣었다.

"이거 마음이에요. 단지 축하의 뜻이에요."

돌려주려고 하는 구키혼의 손을 저지하는 진나이는 여전히 힘이 셌다. 그때 진심으로 진나이를 때려눕히고 싶다고 생각한 것은 싸구려 소주 때문만은 아니었다.

죽은 앵무새는 구키혼의 사물함에 들어 있다.

냉방이 잘 들어오기 때문에 흐느적거리고 미지근하던 새도 이제 딱딱하고 싸늘하게 차가워졌을 것이다.

이제 곧 업무종료 벨소리가 울린다.

사물함을 열고 종이봉투를 꺼낸 뒤, 품에 안고 긴자의 단골 바에 가자.

마중 나온 마담에게 봉투를 주며 버려달라고 하자.

그 가게에는 또 하나, 버리지 않으면 안 되는 것이 있었다.

구스노키는 여자아이의 **귀**를 만져
보고 싶었다. 빨간 명주실을 세게
잡아당겨보고 싶었다. "아얏." 여자
아이가 울먹이는 소리를 듣고 싶었
다. 울려보고 싶었다.

귀

귀 밑에서 얼음베개가 꿀렁꿀렁 소리를 내고 있다.

얼음은 벌써 녹아서 물밖에 없다.

머리를 움직일 때마다 미지근한 물이 뱃전을 두드리는 파도처럼 고막에 전해졌다.

열은 내린 것 같았다.

지금 출근하면 오후 회의에 참석할 수 있지만, 구스노키楠는 하루 쉴 생각이다. 일 년에 한 번쯤 결근하는 것도 나쁘지 않다. 무無지각과 무無결근은 얼마 전까지만 해도 출세의 지름길이었지만, 지금은 융통성 없는 상사라고 바보 취급을 받는다.

햇살 내음이 느껴지는 얼음베개의 고무냄새를 맡고 있으니까, 오십 줄에 들어선 나이여도 응석을 부리며 무기력하게 행동하고 싶어졌다.

초등학교 때의 꾀병. 체온계를 겨드랑이에 끼고 있을 때 느껴지던 한없이 길고 긴 시간. 체온계 눈금을 보는 어머니의 진지한 눈. 수은주가 37도의 붉은 선을 넘지 않으면 일어나서 학교에 가야 했다.

밑에서 올려다보는 어머니의 얼굴은 아이처럼 귀여워 보였다. 조금 전까지 부엌일을 하고 있었는지 어머니의 손은 젖어서 빨갛게 부풀어 있었다. 하얀 옥양목으로 된 소매 달린 요리가운을 입고 무슨 이유에서인지 손목에는 두세 개의 고무줄을 끼고 있었다. 방구석에는 커다란 도자기 화로가 있었고 주전자에서 수증기가 뿜어져 나오고 있었다.

감기에 걸리면 목 아플 때 먹는 약이라며 금귤과 얼음사탕을 함께 끓이는 새콤달콤한 냄새가 온 집 안에 퍼졌다.

어머니가 차가운 손바닥을 이마에 대고 열이 내렸는지를 살폈다. 어머니의 이마를 어린 구스노키의 이마에 댈 때도 있었다. 어머니의 숨결과 동백기름 냄새가 코를 간질였다.

얼음베개의 구멍을 막는 금속마개가 제대로 안 맞았는지 물이 귀에서 목덜미로 흘러내렸다.

"중이염에 걸리면 큰일인데."

어머니는 고타쓰(일본 실내 난방장치의 하나─옮긴이)로 덥힌 플란넬 잠옷으로 갈아입혀줬다. 꼭 이럴 때 어머니를 부르는 아버지에게 정말이지 질투를 느낀 적이 있다.

따뜻해진 얼음베개가 귀 밑에서 소리를 내고 있다. 꿀렁꿀렁. 소리도 편안하고, 고무 냄새도 그리운 어린 시절을 떠올리게 하는데 웬일인지 마음이 가라앉지 않는다.

중이염에 걸린 사람은 구스노키가 아니었다. 남동생인 신지로眞二郞였다.

거리에 '접근금지' 라는 안내판이 있었다.

거기에는 변압기가 들어 있는지, 사람이 한 명 겨우 들어갈 만한 작은 금속 집이 있었는데, '위험,' '손대지 마시오' 라고 붉은 글씨로 적혀 있었다.

동생의 중이염은 구스노키에게 더 이상 '접근금지' 며 '위험' 이었다. 이유는 모르겠지만 거기까지 가면 발길을 돌려야만 했다.

구스노키는 이불 위에 일어나 앉았다. 언제까지나 얼음베개에 귀를 대고 꿀렁꿀렁 하는 소리를 듣고 있을 수는 없다.

"여보."

아내를 부르다가 멈췄다.

오늘 하루 회사를 쉬고 집을 보겠다고 말했기 때문에 아내는 외출을 했던 것이다.

구스노키는 잠옷 위에 아내의 옷을 걸치고 물을 마시기 위해 일어났다.

식구들이 없는 집은 다른 사람 집 같다.

위아래 층 합쳐서 방 다섯 개 정도의 아담한 집인데 갑자기 어색함이 감돈다.

부엌에 들어간 구스노키는 어느새 냉장고 문을 열고 있었다. 수도꼭지를 틀기 전에 뭔가 딱히 먹고 싶은 생각도 없으면서 문을 열어 안을 들여다보고 있다.

내가 지금 뭐 하는 거지. 어이없어하면서도 손은 제멋대로 움직여서 식기장의 작은 서랍들을 맨 위에서부터 차례로 열어서 안을 확인하고 있었다.

세탁소와 술집 외상장부, 고무줄 뭉치와 초, 빈 안약 통, 성냥 등이 어수선하게 들어 있었다.

구스노키는 거실로 돌아갔다.

이건 집을 뒤지는 거잖아, 비열한 짓이라고. 스스로를 타일렀지만 벽장문을 열어보고 싶었다. 아내의 화장대 서랍을 들여다보고 싶어서 참을 수 없었다. 참고 있자니 호흡이 점점 거칠어졌다.

부부와 1남 1녀.

평범한 가정으로 특별히 비밀이 있는 것도 아니다. 식구들이 외출했다는 이유로 집을 뒤진다는 것은 상상조차 해본 적이 없다.

구스노키에게 그런 괴상한 버릇은 없었다. 얼마 있으면 은혼식이 되는데도 아내의 핸드백을 열어본 적도 없다.

오늘 왜 이러지, 열이 내린 줄 알았는데 역시 미열이 있는 걸까. 혼자 거실에 앉아 있으니까 집 안의 벽과 벽장이 미리 짜고 뭔가를 숨기고 있는 것 같았다.

몸속에서 알 수 없는 뭔가가 조그맣게 끓어올랐다.

내버려두면 벽장문을 열어보게 될 것 같았다. 2층으로 뛰어올라가서 딸의 옷장과 책상서랍을 열 것 같아서 불안해졌다.

담배 생각이 간절해졌다.

구스노키는 반년 전에 갖은 노력 끝에 금연하여 이제 제법 궤도에 오른 것이 후회되었다.

아무리 정성들여 깎아도 돋보기로 들여다보면 손톱 끝은 까칠했다. 손등 피부는 비행기에서 내려다보는 해수면처럼 촘촘한 삼각 모양의 파도가 일어 보였다.

다다미도 손상된 부분은 윗면이 터져 수수깡 심 같은 것이 삐져나와 있었다. 다다미 결 하나하나가 작은 쿠션으로 되어 있었다. 생각해보면 당연한 사실인데 구스노키는 새삼 감탄했다.

사전을 볼 때 사용하는 돋보기로 이것저것 들여다보고 있노라니 잠시나마 충동을 억누를 수 있었다.

먼지 덩어리를 들여다보니까 재미있었다.

입고 있던 아내의 겉옷 소맷자락이 반쯤 뒤집어져 있던 것을 바로 잡으면서 먼지 덩어리를 하나 식탁 위에 올려놓고 자세히 들여다봤다.

소맷자락의 둥그스름한 모양 그대로 얇고 부드러운 펠트felt로 보였지만, 돋보기로 들여다보니 온갖 색깔의 섬유가 다 모여 있었다.

어디서 어떻게 들어갔는지 머리카락 같은 것들이 은단 한 알과 빨간 명주실 한 올이랑 같이 얽혀서 반달 모양을 하고 있었다.

집어들면 부서질 것 같은 회색빛 먼지는 실수로 핀 어떤 꽃 같아 보였다.

구스노키는 '우담화'의 꽃이 아마 이렇게 생겼을 거라고 생각했다.

그 꽃은 인도 근처에 피는 상상의 꽃으로 아마 3천 년에 한 번 핀다고 한다. 길조라고도 하도 흉조라고도 한다.

회색빛 구름 같기도 하고 새 둥지 같기도 한 것은 꽃잎이다. 은색 알맹이와 빨간 명주실은 수술과 암술이다.

이제 이름도 얼굴도 기억나지 않는다.

구스노키는 그 여자아이가 자신보다 두세 살 어렸다는 사실과 반년 또는 일 년이라는 아주 짧은 기간 동안 옆집에 살았다는 사실만 기억할 뿐이다.

아, 또 하나 선명하게 떠오르는 것이 있다.

귀 안쪽 돌기 부분에 언제나 빨간 명주실을 늘어뜨리고 있었던 모습이다.

여자아이의 귀 돌기 부분에는 쌀알 정도의 사마귀가 있었다. 그런데 그 사마귀의 아랫부분이 빨간 명주실로 묶여 있었다.

"이렇게 묶어두면 언젠가 사마귀가 죽어서 떨어지거든."

여자아이가 보여줬다.

"목욕을 하고 나오면 할머니가 새 실로 다시 묶어주셔. 원래 더 세게 묶어야 하는데, 그러면 내가 아파하니까 불쌍하다고 아빠가 살살 묶으라고 해. 그래서 사마귀가 얼른 안 떨어져."

빨간 명주실은 언제나 선명한 빛깔로 흔들리고 있었다.

초등학교에 갓 입학한 구스노키는 담장 삼아 심어놓은 키 작은 생울타리를 사이에 두고 여자아이의 흔들리는 명주실을 보고 있었다.

"아빠가 맨날 나를 무릎 위에 앉혀놓고 귀에 있는 이 실을 잡아당겨. 귀찮아 죽겠어."

여자아이는 빨간 명주실을 흔들거리면서 고무공을 튕기며 놀고 있었다. 나비 모양으로 묶인 빨간 명주실은 귀고리를 한쪽만 한 것처럼 보였다.

구스노키는 여자아이의 작은 달팽이 같은 귀를 바라보고 있었다. 귀는 정말 신기한 모양이다. 오른쪽과 왼쪽에 하나씩 있는데

서로 똑같은 모양을 하고 있다. 뜯어서 맞추면 두 장의 조개껍질처럼 꼭 들어맞을 것이다.

구스노키는 여자아이의 귀를 만져보고 싶었다.

빨간 명주실을 세게 잡아당겨보고 싶었다.

"아얏."

여자아이가 울먹이는 소리를 듣고 싶었다.

울려보고 싶었다.

세게 묶지 않았다고 했지만 하얀 쌀알은 조금씩 색이 변해서 수유나무 같았다.

수유나무 열매를 입에 넣고 부드럽게 씹어보고 싶었다. 그럴 때 여자아이가 어떤 표정을 지을지 보고 싶었다.

작은 수유나무 열매 바로 위에 있는 귓속 동굴을 들여다보고 싶었다. 안은 어떻게 되어 있을까.

"귀 건들지 마라."

어머니가 소리 지른 것은 뺨을 맞기 전이었을까, 맞은 후였을까.

당시 구스노키에게는 귀를 만지작거리는 버릇이 있었는데, 왜 어머니는 있는 힘껏 구스노키를 때렸을까.

동생인 신지로가 중이염으로 병원에 다니고 있었기 때문일까.

신지로는 귀에서부터 머리에 걸쳐 붕대를 감고 있었다. 물놀이를 하다가 귀에 물이 들어갔지 뭐예요. 어머니는 이웃집에 이야기를 했었고 구스노키도 그렇게 들은 것을 보면 그 일은 꿈이었던 걸까.

날씨가 화창한 어느 날, 아마도 마루에서 일어난 일이다. 집에 어른들은 아무도 없었다.

구스노키는 부엌에서 커다란 덕용德用 성냥갑을 가지고 나왔다. 옆집 여자아이의 귓속 동굴을 들여다보고 싶었기 때문이다.

바로 얼마 전, 집의 욕조가 망가져서 구스노키는 아버지와 함께 공중목욕탕에 간 적이 있었다.

공중목욕탕 앞에서 구스노키는 꽉 쥐고 있던 자신의 목욕탕 값을 하수구에 떨어뜨렸다. 아버지는 소맷자락에서 성냥을 꺼내어 불을 켜더니 하수구 위를 비추었다. 약탕이라도 흘러가는지 유황 냄새가 났다. 물때가 둥둥 떠 있는 반투명한 물속에 잃어버린 목욕탕 값이 희미하게 반짝이고 있었다.

구스노키는 성냥불을 켜고 귓가로 가져갔지만 어두워서 잘 보이지 않았다. 다시 불을 켜서 아주 조금 귓속 동굴로 가까이 가져갔다. 빨간 명주실을 태우면 큰일이다.

조심하면서 불을 가져가는데 빨간 불이 쏙 하고 동굴 속으로 빨려 들어갔다.

신지로가 불이 붙은 것처럼 울었고 성냥불이 꺼졌다.

어째서 신지로가 울었던 걸까.

여자아이가 울지 않고 왜 신지로가 ─.

구스노키는 거실 벽장문을 양손으로 힘껏 열어젖혔다. 안에 있던 물건들을 닥치는 대로 꺼내 내동댕이쳤다.

정리장 서랍을 빼냈고 화장대 서랍도 빼내서 안에 있던 물건들을 쏟아버렸다.

몸속에서 끈적끈적하니 뜨거운 것이 뿜어 올라왔다.

몸을 움직이지 않으면 '워우 워우' 하고 짐승 같은 신음이 흘러나왔다.

신지로의 별명은 '빅터(음향 및 영상기기를 취급하는 마쓰시타 그룹의 자회사, JVC ─ 옮긴이)'였다.

레코드 회사의 상표로 고개를 약간 꺄우뚱하고 있는 개다.

신지로는 한쪽 귀가 잘 안 들렸기 때문에 다른 사람의 말이나 음악을 들을 때, 들리는 쪽의 귀를 소리 나는 방향으로 기울였다. 그러니 자연히 빅터 개랑 같은 모습이 되어갔다.

몇 학년 때였는지 동생은 새 노트에다가 '빅터 구스노키'라고 이름을 썼다.

온 집안 식구들이 크게 웃었다. 그런데 같이 웃던 어머니가 똑같이 웃던 구스노키를 밀치더니 갑자기 신지로를 끌어안고 운 적이 있다.

"왜 그래. 아프잖아."

꽉 안긴 신지로는 발버둥쳤지만, 그 말은 형인 구스노키에게 하는 말이 아니었을까.

'빅터' 는 진학이랑 취직에도 미묘하게 영향을 미쳤다.

일류대학, 일류회사는 처음부터 신지로가 멀리했다. 성격에도 영향을 미치는지 말수가 적었고 외고집인 구석이 있었다. 사귀던 여자 친구하고도 잘 안 돼서 결혼은 거의 마흔이 다 되어서 했다. 아내로 맞이한 여자는 아주 약간이지만 한쪽 다리를 절었다.

구스노키는 2층으로 뛰어올라갔다.

아들 방으로 가서 책상 서랍을 열었다. 비닐 커버에 싸인 포르노 잡지가 튀어나왔다. 홧김에 책꽂이에 있던 워크맨의 헤드폰을 방바닥에 내동댕이쳤다.

딸 방에 뛰어 들어가서 책상 서랍을 열려는 순간, 발바닥에 날카로운 통증을 느꼈다.

압정 크기의 금색 액세서리였다. 7밀리미터 정도의 바늘이 뾰족하게 나와 있었다. 피어스였다. 귓불에 작은 구멍을 뚫어서 사용하는 귀고리다.

바로 보름 전에 부모 몰래 귀를 뚫은 사실을 알게 되었고, 식탁에서 딸과 크게 다툰 적이 있다.

"지금 유행이라고요. 모두 한단 말이에요."

"그럼 모두가 살인이나 도둑질을 하면 너도 하겠다는 거냐?"

점점 열을 내며 말대꾸하는 딸에게 구스노키도 전혀 양보하지 않았고, 2, 3일은 서로 못 본 척하고 지냈다.

"이제 와서 화를 낸다고 이미 뚫은 걸 어떻게 하겠어요. 지금은 그런 세상이라고요."

아내가 중재해서 겉으로는 조금씩 화해하는 형상이었는데, 발바닥의 통증과 피가 번지는 모양을 보자, 몸에서 열불이 날 정도로 화가 치밀어 올랐다.

힘껏 서랍을 열자 여성용 라이터가 눈에 들어왔다. 안쪽에는 담배가 있었다.

구스노키는 담배를 물고 라이터로 불을 붙였다.

손이 유난히 떨렸다.

반년 만에 맛본 담배 때문인지 다시 열이 나는 건지 머리가 어질어질했다.

어지러운 머리로 다른 서랍을 열었고 안을 뒤집어 엎었다. 딸은 세련된 재떨이까지 가지고 있었다.

구스노키는 연거푸 담배를 피웠다.

조금 **눅눅**했지만, 눈이 따가워져서 눈물이 나왔다.

"아빠, 지금 뭐 하시는 거예요!"

갑자기 큰 소리가 났다.

딸이 대학에서 돌아온 것이다.

"몰래 남의 방에 들어오고. 아무리 부모라지만 이러는 게 어덦어요."

악을 쓰며 덤벼드는 딸의 뺨을 어느새 때리고 있었다.

"지금 그런 말이 나오냐. 이게 뭐야, 이게."

피우다 만 담배와 라이터를 들이대고, 밟았던 귀고리와 발바닥 상처를 들어 보여도 아무런 변명이 되지 않는다는 사실은 구스노키도 잘 알고 있었다.

한 발 늦게 집에 돌아온 아내가 위층이고 아래층이고 어지럽혀져 있는 모양에 기가 막혀했지만, 자식 앞이어서 말로는 남편을 감쌌다.

"당신, 감기만 걸린 게 아니라 혈압도 높은 거 아니에요?"

그리고 기분 나쁘다는 듯이 구스노키의 눈을 들여다봤다.

얼음을 가뜩 넣은 얼음베개는 귀밑에서 끼익끼익 소리를 내고 있다.

얼음 모서리와 모서리가 서로 부딪치며 티격태격하고 있다. 서로 한 치의 양보도 없이 다투고 있다.

아까의 뜨뜻미지근한 고무 냄새는 사라지고 지금은 쑤시듯이 귀가 시릴 뿐이다.

아버지도 어머니도 이미 오래전에 돌아가셨다.

이제는 그날의 성냥불에 대해서 물어볼 사람이 없다.

조만간 휴가를 내자. 구스노키는 남아 있는 유급휴가 날짜를 세어보았다.

신지로는 홋카이도에서 소규모로 치즈를 만들고 있다.

최근 4, 5년 동안 바쁘다는 이유로 만나지 못했는데 오랜만에 찾아가야겠다.

만나면 형은 난로 옆에서 말없이 술을 마시고, 동생은 '빅터'와 똑같은 모습으로 말없이 창밖의 눈을 바라볼 것이다.

일단 부딪쳐봐야 알 수 있겠지만, 옆집에 살던 귀에 빨간 명주실을 늘어뜨린 여자아이 이야기를 꺼내볼까.

그때 신지로는 아마 네 살이었던 것 같다.

"모르겠는데."

신지로는 고개를 갸웃거리고 몸을 비스듬히 기울이면서 대답할 것이다.

그러면 뭐라고 해야 할까. 머리가 얼음베개로 얼얼해져서 세월과 함께 말도 얼어붙은 모양인지 아무 생각도 떠오르지 않았다.

결혼하기 전, 마쓰오는 아는 **꽃 이름**이 거의

없었다. 벚꽃과 국화와 백합. 마쓰오가 알고 있

는 꽃 이름들이었다. 자세히 물어보자, 이 세 가

지도 헷갈려 했다.

꽃 이름

자투리 천으로 만든 작은 깔개를 전화기 밑에 깔았을 때였다.

"뭐요, 이건."

남편인 마쓰오松男가 한 소리했다.

"난 방석 같은 거 없이 자랐다고."

기계 주제에 건방지다는 말투였다.

직접 전화기를 놓으면 벨이 울렸을 때 귀에 거슬리는 거친 소리를 내기 때문이라고 쓰네코常子는 자칫 말할 뻔했다. 남편 앞에서 '무신경'이니 '거칠다'는 말은 아직도 피해야 하는 표현이다.

이번 겨울에 다리하고 허리가 시리다는 게 뭔지 처음 알게 됐거든요. 그러다 보니 하얀 받침대 위에 놓인 전화기를 보면 엉덩이가 시려 보여서 신경이 쓰이더라고요. 쓰네코가 농담처럼 적당히 둘러대자 마쓰오는 더 이상 아무 말도 하지 않고 목욕수건으로 등을 닦으면서 안으로 들어갔다.

거의 쉰 살이 다 되었는데도 건장한 등은 물을 튕겨냈다. 예전보다 또 한 겹 살이 붙어 보였다.

젊을 때는 이러지 않았다.

부부싸움라고도 할 수 없는 사소한 말다툼을 하다가 상황이 불리하다 싶으면, 남편은 마른 어깨를 보이고 거친 발소리를 내며 방으로 자러 들어갔다. 하지만 남편의 등은 말하고 있었다.

"그게 어쨌다는 거요."

그런 날 밤엔 반드시 이불 옆자리에서 손을 뻗어왔다. 남편에게는 날짜가 바뀌기 전에 결말을 내고 우위에 서지 않으면 분이 안 풀리는 성급한 면이 있었다. 어둠 속에서 힘을 받으며 쓰네코는 신문 구석에 실린 스모의 별일람표(이기고 진 횟수를 희고 검은 별로 나타낸 표—옮긴이)를 떠올렸다. 남편은 한마디도 하지 않고 쓰네코의 왼쪽 귀 근처에서 한꺼번에 숨을 몰아쉬고는 갑자기 무게로 밀어붙인다. 그리고 자신의 이름 위에 승리의 흰색 별을 표시한 뒤 잠을 청했다.

하지만 모두 지나간 이야기다.

이제는 불과 5분만 지나면 소리 높여 코 고는 소리가 들린다.

25년이라는 세월은 남편의 등에 살을 만들었고, 자질구레한 집안일에 대해서 참견은 해도 결국은 쓰네코의 말을 듣게 했다.

기미가요가 들렸다.

옆집 텔레비전 소리다. 무슨 이유에서인지 국가 연주가 나오기 전에는 전원을 끄는 법이 없다.

대학생인 아들과 딸도 어디서 뭘 하는지 아직도 들어오지 않았다. 전화벨 소리가 크고 날카롭게 들려서 깔개를 깔고 싶어진 것은 쓰네코가 혼자 식구들을 기다리는 일이 많다는 뜻이다. 네 식구가 모두 모여서 차를 마시거나 할 때면 옆집에서 기미가요는 들리지 않았다.

깔개를 간 뒤로 쓰네코는 마음 한 구석에서 전화가 걸려오기를 기다리게 되었다. 벨소리는 확연히 부드럽고 따스한 소리로 바뀌었다. 전화가 걸려올 때마다 소리의 변화를 확인하는 일이 즐거웠다.

더구나 최근에는 전화벨이 울릴 때마다 좋은 소식이 함께 들려왔다. 장남의 취직이 내정된 일과 남편의 경리부장 승진 소식도 이 전화기를 통해서 들었다. 장을 보러 나갔다가 어머니의 유품인 지갑을 잃어버린 후, 돈은 없지만 지갑은 찾았다는 슈퍼 점원의 연락을 받은 것도 부드러운 벨소리를 통해서였다.

쓰네코는 부엌에서 감자 껍질을 벗겼다. 작년에 수확한 저장 감자는 드문드문 싹을 내밀고 있었다. 칼끝으로 싹을 파내면서 어머니에게 칼 쥐는 방법을 처음 배웠을 때를 떠올렸다. 그때도 아마 감자 껍질을 벗겼던 것 같다.

"감자 싹에는 독이 있단다."

박하와 함께 먹으면 죽는다고 들었던 것 같다. 카레라이스와 고로케를 먹으면서 점심때 밖에서 박하사탕을 먹은 일이 생각나서 당황해 어쩔 줄 몰라 했던 것은 몇 살 때였을까.

거실에서 전화벨 소리가 들렸다.

부드러운 울림에 만족한 쓰네코는 기분 좋게 대답하면서 서둘러 전화를 받으러 뛰어갔다.

들뜬 목소리로 전화를 받자, 처음 듣는 여자 목소리가 들렸다.

"사모님이세요?"

"실례지만 어디신지요?"

잠시 침묵이 흘렀다.

"남편 분을 아는 사람인데요."

이번에는 쓰네코가 가만히 있었다.

설마 했는데 역시나.

두 가지 감정이 빨강과 파랑 이발소 간판기둥처럼 머릿속에서 빙글빙글 돌아갔다.

수화기 속 여자는 남편 분 몰래 만나고 싶다며 오늘 시간이 되는지를 마치 남의 일인 양 물어보았다.

까맣게 뻗은 전화선 끝에 어둠이 있고 그 어둠 속에서 여자가 혼자 앉아 있다. 얼굴도 형체도 보이지 않지만, 자신과 똑같이 수화기를 들고 앉아 있다. 나이는 쓰네코의 절반 아니면 조금 더 들었을까. 보통 여염집 여자 같지는 않았다.

쓰네코는 깔개 네 귀퉁이에 늘어진 빨간 장식 술을 만지작거리다가 손때가 타 있는 것을 알아차렸다. 한 달도 채 되지 않았는데, 왜 이렇게 시커먼 색이 되어버린 걸까.

저녁때 호텔 로비에서 여자를 만나기로 했다.

"어떻게 알아보죠?"

쓰네코의 말에 여자가 살짝 웃으며 대답했다. 제가 알아요.

어떻게 아는 걸까. 남편은 이 여자에게 가족사진을 보여준 걸까. 옆구리에서 땀이 났다.

마지막으로 여자 이름을 들었을 때 쓰네코는 다시 한 번 말문이 막혔다. '쓰네코'라고 들렸기 때문이다. 남편이 나랑 같은 이름을 가진 여자를, 순간 생각했지만 금방 잘못 들었다는 사실을 알았다. 여자 이름은 '쓰와코'였다. 확인하는 쓰네코에게 여자가 말했다.

"쓰와부키(털머위―옮긴이)의 '쓰와'예요."

"돌 석石자에 머루 로藘자를 쓰는―."

"아뇨. 히라가나로 쓰와코예요."

전화를 끊고 쓰네코는 잠시 그대로 앉아 있었다. 까만 수화기는 감자 전분 때문에 하얗게 손자국이 나 있었다.

갑자기 웃음이 났다. 허리가 꺾이도록 크게 웃었다. 여자 이름이 꽃 이름과 똑같았기 때문이다.

결혼하기 전, 마쓰오는 아는 꽃 이름이 거의 없었다.

벚꽃과 국화와 백합.

마쓰오가 알고 있는 꽃 이름들이었다. 자세히 물어보자, 이 세 가지도 헷갈려 했다.

"벚꽃은 확실하게 알죠. 저희 중학교 휘장徽章이었거든요."

자신 있게 말하기에 벚꽃과 매화꽃을 어떻게 구분하느냐고 물어보았더니, 바로 꼬리를 내렸다.

"그만둘까."

쓰네코는 집에 돌아가서 한숨을 쉬었다.

앞으로 길고 긴 인생을 살아가면서 어떤 꽃이 피고 어떤 꽃이 졌는지에 대해 관심 없는 남자와 산다는 것은 갓 스무 살이 된 쓰네코에게는 우울한 일이었다.

꽃 이름만이 아니었다.

그런데 쓰네코의 어머니는 갑자기 이 혼담에 적극성을 보였다.

그런 남자와 사는 것이 오히려 여자에겐 행복이라는 지론이었다.

"네 아버지를 보려무나."

쓰네코의 아버지는 좋게 말하면 취미가 많은 사람, 분명하게 말하면 딱히 뛰어난 특기는 없는 사람이었다. 생선이 있으면 알맞게 잘 잘라서 회를 떴다. 매듭짓기는 어머니보다 훨씬 잘했다. 여자 기모노에 대해서도 지식이 있었고 무늬도 잘 골랐다. 그만큼 상대의 호감을 사는 말도 잘했다. 일에서는 출세하지 못했지만, 쓰네코가 모르는 자잘한 여자관계도 있었던 것 같다.

어머니가 볶아치는 통에 다시 마쓰오를 만났을 때, 그는 혼자 중얼거렸다.

"난 모자란 놈이야."

쓰네코는 옆에 서 있는 자신보다 머리 하나는 더 큰 남자를 올려다봤다.

어릴 때부터 명문학교에 들어가야 한다, 1등이 되어야 한다는 말을 부모로부터 들으며 자랐고, 머리에는 수학과 경제학원론만 들어 있다. 곧장 앞만 보고 달려온 사람이었다.

"결혼하면 꽃에 대해 배우세요. 그리고 저에게 가르쳐주세요."

쓰네코는 하마터면 마쓰오 품에 뛰어들 뻔했다. 여자가 경망스럽다는 생각에 참았는데, 바로 마쓰오의 남자다운 손이 와서 쓰네코의 손을 잡았다.

저라도 괜찮으시다면 가르쳐드릴게요.

꽃 이름, 생선 이름, 야채 이름도.

마쓰오는 약속을 지켰다.

신혼여행에서 돌아오자 쓰네코에게 꽃꽂이를 배우게 했다. 일주일에 한 번씩 꽃꽂이가 있는 날은 다른 약속을 잡지 않고 곧바로 퇴근했다. 저녁도 먹는 둥 마는 둥 하고 그날 배운대로 쓰네코에게 꽃꽂이를 시키면서 수술에 임하는 인턴 같은 눈빛이 되었다.

"그건 무슨 꽃이오?"

마쓰오는 집요할 정도로 반복해서 물어봤다.

꽃 이름을 배운 날 밤엔 반드시 거칠게 쓰네코를 안았다. 신혼 시절에는 몰랐는데 결혼해서 5년이 되었을 때 우연히 남편의 수첩을 보고 알았다.

마쓰오는 그날그날 쓰네코에게 배운 꽃 이름을 적어놓고 있었다.

3월 X일 나팔수선화(노란색)

공조팝나무(흰색)

이런 식이었다.

그리고 해당 날짜의 마지막 칸에 기호가 하나 붙어 있었다. '실행'이라는 글자에 테두리가 둘러져 있었다. 앞장을 살펴보니 거의 모두 붙어 있었다.

마침 그 무렵이었을까.

한번은 남편이 아주 기분 좋은 채로 밤늦게 퇴근했다.

상사 집에 초대를 받아서 갔는데, 마루에 사모님이 해놓은 꽃꽂이가 있었다고 한다. 그 꽃들은 전문가들이나 아는 상당히 어려운 꽃들이었지만, 남편이 유일하게 꽃 이름을 맞혔다는 것이다.

자네, 다시 봤네. 상사 부부가 감탄했다는 말을 남편은 수차례나 반복하더니, 다다미 위에 무릎을 꿇었다.

"모두 당신 덕이오."

상사 마음에 들었다고 좋아서 어쩔 줄 모르는 남편 모습은 처음이었다. 이 사람에게도 이렇게 세속적인 면이 있었나. 약간 실망스럽기도 했다.

"당신 덕에 사람이 된 것 같소."

하지만 남편이 고맙다고 하는 말을 들으니 나쁘지는 않았다.

잠자리에서 남편의 거친 손길이 기다려지는 마음도 있었다.

그날 밤이 원인이었던 걸까. 그 뒤 쓰네코는 유산을 했다. 태어났다면 세 번째 아이였다.

일상의 자질구레한 일들을 아내가 가르치고, 그날 밤에는 배운 만큼 답례라고나 할까, 남편이 보답하는 습관은 그때부터 자연히 줄어들었다.

마쓰오는 본래 시간과 규칙에 깐깐하고 융통성 없는 사람이었기 때문에 그 일이 영향을 주었을 수도 있다.

더 이상 가르칠 필요도 없었다.

농어와 숭어의 차이. 삼치와 병어 맛의 차이. 시금치와 유채

油茶의 변종, 파드득나물과 미나리.

이제 모두 구별할 수 있었다.

개라고 모두 똑같은 개가 아니라 아키타견, 도사견, 시바견이 있고, 셰퍼드가 있고 그레이트데인이 있다는 사실도 알게 되었다.

그런데 습관은 역시 무서운 것인지 쓰네코는 점점 남편에게 복습을 강요하는 말투가 되었다.

그만 좀 하오, 다 알고 있소. 마쓰오도 짜증내면서 대답했다.

"너구리같이 생긴 게 샴이고, 여우같이 생긴 게 페르시안이잖소."

"반대예요."

세밀한 부분은 아직 쓰네코가 한 수 위였다.

하지만 아무 말 하지 않으면 언제까지나 동복을 입고 땀을 흘리는 것은 25년 전이나 지금이나 여전했다.

"난 색에 대해선 잘 모르오."

그러면서 쓰네코가 주는 속옷을 입었고, 쓰네코가 골라주는 넥타이를 맸고, 관혼상제 때나 부하직원의 중매를 부탁받았을 때의 인사도 모두 쓰네코가 시키는 대로 했다.

큰딸이 '디테일엔 젬병'이라고 놀렸지만, 나머지 면에서는 평범한 아버지였다.

능력도 있고 출세도 남들보다 빨랐지만, '성실함'을 넘어서 '범생이' 같은 면이 있기에 여자 문제만큼은 괜찮다고 생각했다.

그런데 여자가 있었다.

여자 이름은 꽃 이름이었다. 남편이 그 여자에게 끌린 것은 분명히 이름 때문이다.

"가르친 보람이 있었어."

쓰네코는 중얼거리면서 다시 한 번 큰 소리로 웃었다.

억지로 웃는 웃음이었다.

"엄마, 왜 그러세요?"

라켓을 가지러 돌아온 딸이 보더니 물었다.

하지만 딸에게 털어놓을 수도 없었다.

여자와 약속한 장소에 나가기 전에, 미용실에 갈 시간은 없어도 감자 껍질을 계속 벗길 정도의 여유는 있었다.

독이 있단다, 먹으면 죽는단다. 오래전에 어머니가 가르쳐줬던 약간 불그스름한 싹을 자신도 놀랄 정도로 크게 파내고 있었다.

쓰와코라는 여자는 서른을 조금 넘은 2류 바의 마담 같았다. 의상, 복장 모두 수수하니 고아한 느낌의 괜찮은 사람이었다.

아이가 생겼다는 걸까, 아니면 위자료 청구일까, 더 심각한 일일까. 약속장소로 향하면서 온갖 추측을 다 했지만, 도저히 짐작이 가지 않았다. 직접 부딪쳐보자고 마음을 단단히 먹고 나간 쓰네코는 자신이 상상했던 일들이 아니라는 사실을 알고는 맥이 풀렸다.

무슨 일이시죠? 용건을 묻자, 여자는 커피잔 손잡이를 만지작거린 뒤 대답했다.

"저라는 사람이 있다는 걸 기억해주셨으면 해서요."

그 말만 하고는 호텔 정원의 폭포를 바라보았다.

가만히 있어도 결말이 나지 않아서 쓰네코가 입을 열었다. 아시겠지만 작년에 은혼식을 맞이했어요, 그리고 취직과 결혼을 앞둔 자식이 있구요. 남편과 어떤 사이인지 모르겠지만 우리는 집과 밖은 별개로 생각하고 있어요. 여러 가지 이야기를 해나갔다.

쓰와코는 가만히 듣고만 있었다.

"쓰와코라는 이름은 참 드문 이름이네요. 우리 그이가 바로 그러지 않았어요? '쓰와부키'에서 따온 이름 아니냐고요."

네. 상대가 대답하면 옛날 일을 이야기할 참이었다. 꽃 이름은 제가 가르쳐드렸죠.

그런데 예상은 빗나갔다.

"아뇨. 안 그러셨어요."

쓰와코는 천천히 대답했다.

"그러고 보니 남편 분이 나중에 그러셨어요. 어머니가 쓰와리

(입덧—옮긴이)가 심했냐고요."

쓰와코는 사람 좋아 보이는 얼굴로 웃더니 말을 이었다.

"그런 이름, 자식한테 붙이는 부모가 어디 있겠어요."

그리고 뜻밖의 말을 또 했다.

남편은 바에서 쓰네코를 '우리 선생님' 이라고 부른다는 것이다.

"우리 선생님……."

"모르는 게 없으시다면서요? 전 사모님과 정반대예요. 멍청하기로 유명하죠."

쓰네코의 눈길은 약간 흐트러진 여자의 옷매무새에 가서 멈췄다. 말투며 스푼을 움직이는 손놀림이며 모두 느긋했다. 아주 약간 나사가 풀린 것 같지만 연기일지도 모른다. 그렇다면 정말 무서운 것은 이런 **부류**의 여자가 아닐까.

뭐든지 알고 있는 쓰네코는 결국 아무것도 알지 못한 채, 커피값은 각자 계산하고 돌아왔다.

그날 밤, 남편과 아이들 모두 늦게까지 돌아오지 않았다.

혼자서 거실에 앉아 있는데, 몸의 중심부에서 부글부글 물이 끓듯이 뭔가가 올라왔다.

'나는 모자란 놈이야' 라는 말을 하고 '가르쳐주세요', '당신 덕이오' 라며 다다미 위에 무릎 꿇던 사람은 누구였던가.

수첩에 적힌 남편의 기호에는 어떤 마음이 담겨 있었던 걸까.

남편은 평상시의 얼굴로 들어왔다.

"쓰와부키라는 꽃, 알아요?"

쓰네코는 따지고 싶은 마음을 참고 물었다.

"쓰와부키라. 노란 꽃이잖소."

남편은 술 냄새를 풍기며 귀찮다는 듯이 대답했다.

"쓰와코라는 사람, 알아요?"

"요즘 통 못 봤어. 그 꽃 말이오."

쓰네코의 말을 가로막듯이 남편이 말했다.

"전화가 왔었어요. 그 여자, 도대체……."

안으로 들어가는 남편의 등에 대고 다그치자, 남편이 걸음을
멈췄다.

"다 끝난 일이오."

그리고 그대로 방으로 들어가버렸다.

또 한 겹은 몸이 뚱뚱해진 것 같았다.

"그게 어쨌다는 거요."

그 등은 말하고 있었다.

많은 이름들을 가르쳤다. 도움이 됐다고 우쭐해했던 것은 착
각이었다. 옛날에는 분명히 거름을 주기도 했겠지만, 어린 나무
는 어느새 커다란 나무가 되어 있었다.

꽃 이름. 그게 어쨌다는 거요.

여자 이름. 그게 어쨌다는 거요.

남편 등은 그렇게 말하고 있었다.

여자의 잣대는 25년이 지나도 변하지 않았지만, 남자의 눈금은 세월과 함께 늘어나 있었다.

옆집에서 기미가요가 들렸다.

자신의 마음속에 **작은 악마**가 존재
한다는 사실을 시오자와는 알고 있었다.
아무도 없으면 자동차 제한속도를 위반
한다. 100퍼센트 안전하면 얼마 되
지 않더라도 리베이트를 받기도 한
다. 출장을 가서 뒤탈이 없는 바람을 피운
적도 두세 번은 넘었다.

다우트

병실을 비우면 안 된다. 교대해줄 사람이 올 때까지 환자 옆에 있어야 한다는 사실은 시오자와鹽澤도 알고 있다.

1인용 병실 침대에서 크게 코를 골며 잠들어 있는 사람은 바로 얼마 전에 희수喜壽를 맞은 아버지다. 3일 전에 뇌출혈로 쓰러져서 의식불명 상태가 계속되고 있다. 재발이기 때문에 회복 가능성이 낮습니다, 마음의 준비를 해주십시오. 의사의 말이 아직 귓가에 남아 있다. 연세에 비해 심장이 건강해서 지금까지 버티셨지만 오늘 밤부터 새벽이 고비일 겁니다. 의사의 말에 아내는 회사 일을 마친 시오자와가 오기를 기다렸다는 듯이 곧바로 집에 준비를 하러 갔다. 다시 말하면 상복과 장례식 준비다.

만나야 할 사람들은 이미 모두 만났다. 본래 옹고집이었던 성격은 혼자가 된 뒤 한층 세졌고, 1년 전 뇌출혈 때 몸에 마비가 온 뒤로는 극단적으로 사람들과의 만남을 꺼려왔다. 병실의 꽃이랑 병문안으로 들어온 물건들도 시오자와의 상무라는 직함 때문에 들어오는 의례적인 것뿐이었다.

창밖이 옅은 회색으로 변했다.

회색빛이 점차 진해져서 마침내 어둠이 된다. 주변 빛깔을 까맣게 만드는 시간과 아버지의 생명이 서로 다투고 있는 것 같았다.

아들로서 맞서 싸워야 했다. 머리맡을 지켜야 하지만, 병실에 있어야 한다는 사실은 견디기 힘들었다.

바로 악취 때문이다.

악취는 아버지 입에서 올라오고 있었다.

의식은 없어도 수염은 자라는지, 하얀 섶나무 가지 같은 콧수염이 마치 관절이라도 빠진 것처럼 크게 벌어진 입 주위에서 윤기를 잃고 가녀리게 흔들리고 있었다.

냄새는 입 주변에서 퍼져왔고 병실에 가득 찼다.

부모 냄새라면 역겨움 속에서도 애틋함을 느껴 참는 것이 부자간의 정이다. 하지만 아버지의 냄새는 단지 환자 특유의 구취가 아니었다. 그와는 다른, 창자라도 썩는 냄새였다.

아버지는 욕심이 없는 사람이었다.

초등학교 교장을 정년퇴직한 뒤에도 오로지 교육에만 전념했다. 술도 사람들과 어울리는 정도여서 절대 과음하는 일은 없었다.

"아버지처럼 목덜미에 때가 안 타는 남자는 없을 게다."

아버지와 정반대로 건수만 있으면 저녁 반주를 즐기는 어머니가 이야기한 적이 있다. 젊을 때부터 기름기가 없었다는 말투였고 남자로서 욕망이 적었던 남편을 서운하게 생각한다는 의미를 풍기고 있었다.

본래 말랐지만 만년에는 유분기도 수분기도 없어져서 꺾으면 툭 하고 소리가 날 것 같았다. 복도에서 마주치면 아버지는 모양이고 냄새고 한 자루의 담뱃대였다.

아버지의 어디에서 짐승 같은 악취가 풍기는 걸까. 사람은 이처럼 불쾌한 냄새를 뿜어내지 않으면 죽을 수 없는 걸까.

시오자와는 아버지가 의사의 말보다 더 '빠르지' 않을까 싶었다. 자리를 떠서는 안 된다. 친척들 사이에서 시오자와는 참 괜찮은 장남으로 통한다. 그에 부응하기 위해서라도 지금 아버지 곁에 있어야 했다.

하지만 도저히 참을 수 없는 냄새다.

아까 시오자와가 오자마자 집 안을 정리한다는 핑계로 서둘러 나간 아내도 사실은 냄새를 참을 수 없었던 것은 아닐까.

병원 매점에 석간신문이 진열될 시간이다.

관련 회사의 아는 간부 이름이 뇌물수수 혐의로 얼마 전부터 신문에 오르고 있었다. 신문을 보고 사태를 파악해둬야 했다.

신문은 펑계라는 사실을 알면서도 시오자와는 병실 문을 나섰다.

신문 잉크가 묻어 까매진 손으로 잉크 냄새가 나는 신문을 들고 병실로 돌아왔을 때, 아버지는 이미 숨을 거둔 뒤였다.

간호사를 부르려고 벨을 누르면서 아버지의 죽음을 슬퍼하기보다 아내와 친척들에게 임종 때 자리를 비웠던 이유를 어떻게 얼버무려 넘어갈지를 생각했다.

순간, 자신의 악취를 맡은 것 같았고 시오자와는 힘껏 벨을 눌렀다. 어느새 아버지의 악취는 거짓말처럼 사라져 있었다.

"노부乃武짱은 어떡하죠?"

밤샘과 장례식 날짜를 전화로 알리면서 아내가 시오자와의 표정을 살폈다.

노부오乃武夫는 시오자와의 사촌동생이다.

"우리가 먼저 알릴 필요 있겠소?"

"그래도 노부짱, 다른 친척들하고는 연락 안 할 텐데요."

"그 나이에 무슨 '짱'(어린 아이를 부를 때나 친밀감을 나타낼 때 사용하는 호칭—옮긴이)이오."

"당신하고 띠동갑이니까, 그렇구나. 노부짱도 벌써 서른다섯이네요."

"그 나이 먹도록 흔드렁흔드렁하고 다니니까 다 피하는 거요."

'흔드렁흔드렁'은 조금 전에 세상을 뜬 아버지의 입버릇이다.

친척들 중에 흔히 한두 명은 남들에게 떳떳하게 소개하지 못하는 사람이 있기 마련인데, 바로 노부오의 경우가 그랬다. 그는 여태껏 제대로 된 직장을 다녀본 적이 없다.

대학에도 들어갔다고는 하는데 바로 그만두었다. 그 뒤로는 얼굴을 내밀 때마다 주소랑 직업이 바뀌어 있었다.

예능 프로덕션 매니저를 하고 있다면서 생전 보도 듣도 못한 탤런트의 얼굴과 수영복 사진을 붙인 앨범을 보여준 적도 있다.

'안야アンヤ'를 한다고 해서 전통과자 집을 하는 줄 알았는데, '고안하는 집案屋'을 뜻하는 것으로 텔레비전 CM에 경품 아이디어를 제안하고 수수료를 받는 일이었다.

직업이 바뀔 때마다 여자도 바뀌는 것 같았고, 여자에게 얹혀 살기도 했던 것 같다.

행색도 초라하고 인상마저 바뀌어 나타났다 싶으면, 연말에 갑자기 턱 하고 최상급 게 통조림 상자를 한 보따리 보내왔다. 고맙다는 인사말을 써서 보내면 주소불명으로 돌아왔다.

"그래도 아버님께서 노부짱을 귀여워하셨잖아요."

부르고 싶으면 당신이 부르시오, 나는 싫소. 목구멍까지 넘어오는 말을 참고 시오자와는 연하장을 묶어둔 끈을 풀었다.

노부오는 여자 친척들에게 인기가 있었다.

눈에 띄게 잘생기지는 않았지만 여자 다루는 솜씨가 좋은 건지, 사소한 행동으로 여자의 마음을 흔드는 뭔가를 가지고 있었다.

노부오가 혼자 가세해도 자리는 흥겨워졌다. 여자들은 말이 많아졌고 많이 웃었다.

언젠가 노부오가 거실에서 아내와 이야기를 하는데, 큰딸이 친구 결혼식에 갔다가 돌아온 적이 있었다. 그애는 엄마를 닮아서 깔끔한 성격이었기 때문에 집으로 돌아오면 얼룩이 질 수 있다며 곧바로 외출복에서 평상복으로 갈아입곤 했다. 그런데 그날 밤만큼은 노부오가 있는 동안 옷을 갈아입지 않고 외출복을 입은 채 케이크를 먹고 차를 마셨다.

그따위 남자에게 예쁜 모습을 보여서 무슨 득이 된다고 그러는지, 시오자와는 못마땅했지만 생각해보면 큰딸만 그러는 것이 아니었다.

노부오가 자반연어의 배 부분을 좋아한다고 말한 것을 아내는 수 년 전 일인데도 기억하고 있었다.

"노부짱, 설구워진 것을 좋아했는데."

목소리가 들떠 있었다.

연어의 배 부분은 시오자와도 좋아하는 곳이다. 가장 좋은 곳을 노부오한테 주는 것 같아서 화가 났다.

더구나 아내는 차통을 만지작거리면서 노부오의 말에 맞장구를 치고 있다.

시오자와는 아내가 검은 차통에 얼굴을 비춰보고 콧잔등 주변의 기름기를 손가락으로 살짝 찍어내는 순간을 놓치지 않았다.

"당신, 노부짱 얘기만 나오면 눈엣가시처럼 말하네요."

"그게 아니라, 지난번 같은 일이 있으면 안 되지 않소."

"지난번이라면……. 본가 장례식 때요?"

"친척끼리 돈 문제로 시끄러워질까봐 그러는 거요."

"그렇지만 현장을 잡은 건 아니잖아요."

"그 녀석 말고 그런 짓 할 사람이 어딨소."

약 2년 전 본가 장례식에서 부의금 5만 엔 정도가 부족해진 일이 있었다.

그 전후에 분명히 노부오가 들락날락했었다. 경기가 좋은 것처럼 말을 했지만 실제 주머니 사정은 여의치 않은지 상자만 근사한 싸구려 선향으로 적당히 넘어가고 있었다. 친척 중에서 돈 좀 있다고 소문 난 과부에게 돈을 빌려달라고 했다가 거절당했다는 말도 있었다.

시오자와가 그 장례식 책임을 지고 있기도 해서 노부오의 소지품을 검사하겠다고 씩씩대자, 죽은 사람 앞에서 집안 사람끼리 굳이 창피를 줄 필요 있겠느냐며 아내랑 친척 여자들이 말리고 나섰다.

시오자와는 화가 안 풀려서 아주 드러내놓고 빈정거렸는데, 노부오는 얼굴색 하나 변하지 않았다. 오히려 젊은 여자들과 아이들을 모아놓고 가늘고 기다란 손가락을 유연하게 놀리면서 라인댄스를 선보이고 있었다.

담뱃진으로 갈색이 된 가느다란 손가락이 마치 무용수 다리처럼 함께 올라갔다 내려갔다 하는 모양이 아주 천박해 보였다.

"지금 여기가 그런 짓을 할 데냐?"

목구멍까지 치밀어 올랐지만, 가까스로 참고 넘어간 적이 있다.

상주 자리에 앉아 있으면서 시오자와는 상당히 만족스러웠다.

아버지를 잃고 만족해한다면 듣기 거북한 소리겠지만, 속내를 들여다보면 사실이었다.

서무과 직원들이 총출동해서 제단 일에서 밤샘, 고별식까지 처리해주었다. 모두 상무라는 직함에 걸 맞는 처우다.

그런대로 괜찮은 친척들은 모두 왔다 갔고 친구들도 조문을 왔다.

육친이 떠난 슬픔과 의연함을 적당히 내보이며 행동하는 자신에게 약간 가책을 느꼈지만, '뭐 다 이런 거지'라고 변명하는 부분도 있었다.

장례식이든 결혼식이든, 인생의 중대사에는 크든 작든 가식적인 면이 들어가는 법이거든. 그러니까 괜한 걱정을 할 필요 없는 거야.

바로 그때 부엌문으로 엄청나게 많은 초밥이 배달되었다.

역 앞에 있는 커다란 초밥집이었다. 어떤 사람이 최고급으로 20인분 배달해달라며 주소만 말하고 계산한 다음 가버렸다는 것이다. 그 말을 듣고 시오자와와 아내는 서로 쳐다봤다.

노부오가 분명했다.

잘 나갈 때면 늘 하던 방식이다.

먼저 초밥을 배달시켜서 관심을 끈 다음, 한발 늦게 당사자가 등장한다.

"지금 무슨 지방순회공연 하냐. 속 보이는 짓 하고 말이야."

한 소리 해주려고 했는데, 어느새 아이들이 초밥을 먹고 있었기에 차마 말을 할 수 없었다.

아니나 다를까, 한 걸음 늦게 노부오가 도착했다.

"이번에는 괜찮아 보여요. 구두고 신발이고 새 거예요."

귀엣말로 아내가 알려왔다.

"잘 감시해요."

그리고 노부오는 덧붙였다.

"저번 같은 일이 생기면 망신당하는 건 나란 말이오. 회사 사람들도 있소."

마지막 말에선 자신도 모르게 목소리가 커져버렸고 아내가 눈을 흘겼다.

노부오는 씩씩한 얼굴로 시오자와에게 가볍게 인사하고는 제단 앞으로 갔다.

향전을 내고 공손히 분향을 했다. 그런데 합장을 하면서 훌쩍거리기 시작했다.

이게 바로 마음에 안 드는 점이다. 장남인 내가 눈물을 흘리지 않는데 별 상관없는 사람이 굳이 가식적인 흉내를 낼 필요가 있을까.

하지만 이것이 노부오 녀석이 세상을 살아온 방법이다. 언제나 남의 비위를 맞추고 다른 사람 마음에 들도록 행동하는 것이 완전히 몸에 배어 있었다. 그런 생각을 하며 보고 있으니까, 노부오의 검은 양복이 자잘한 비늘 모양이라는 점도 화가 났다.

노부오가 시오자와에게 다가와서 조의를 표했다. 시오자와는 눈을 감고 향화香華 냄새를 한껏 들이켰다. 지금 화장실에서 부엌 찬장 속까지 온 집 안에서 향냄새가 난다.

갑자기 현관이 소란스러워졌다.

"구지라오카鯨岡 상무님의 사모님이 오셨어."

쉿 하며 말을 막는 소리가 들렸다.

"전前이야, 전."

"그냥 구지라오카 씨라고 하면 돼."

여기저기서 수군거렸다.

반년 전쯤 세상을 떠난 구지라오카 전 상무의 부인이었다.

구지라오카는 1년 전에 실각했고, 그 자리를 시오자와에게

넘겨준 형세가 되었다. 구지라오카는 실의에 빠져 신경쇠약에 걸렸고 술과 수면제 과다복용이 원인이 되어 반년쯤 전에 급사했다.

당시 장례 전반을 지휘한 사람이 시오자와였다.

작은 체구의 미망인은 조의를 표하고 남편 장례 때의 일을 다시 한 번 고마워하면서 자신은 아무런 도움이 되지 못한다고 미안해하며 돌아갔다.

"구지라오카."

배웅하러 자리를 뜨는 시오자와 뒤에서 노부오가 중얼거렸다.

뭔가를 반추하는 듯한 의미가 담긴 말투였다.

역시 그때 노부오는 거기에 있었다.

그 이야기를 모두 듣고 있었다.

시오자와는 뒤통수를 한 대 세게 얻어맞은 것 같았다.

자신의 마음속에 작은 악마가 존재한다는 사실을 시오자와는 알고 있었다.

아무도 없으면 자동차 제한속도를 위반한다. 100퍼센트 안전하면 얼마 되지 않더라도 리베이트를 받기도 한다. 출장을 가서 뒤탈이 없는 바람을 피운 적도 두세 번은 넘었다.

인간적으로도 참 괜찮은 사람이라고 평가받는 뒷면을 스스로 혐오하면서도 '사람이란 다 이런 거지. 누구나 이 정도는 하고 있어'라고 큰소리치는 면도 있었다.

하지만 단 한 가지, 다시는 떠올리고 싶지 않은 일이 있다.

왜 그런 짓을 했을까. 설명할 수 없지만, 정신을 차렸을 때는 이미 회장의 별장에 전화를 걸고 있었다.

어느 여름밤이었다. 아내와 아이들은 연극 초대를 받아 외출하고 없었다.

회장의 쉰 목소리가 수화기 너머로 들려왔을 때, 시오자와는 들고 있던 손수건으로 입을 막고 목소리를 변조해서 구지라오카를 중상모략했다.

업자로부터 리베이트를 받아서 집을 지은 일.

여자관계.

일방적으로 이야기를 마치고 수화기를 놓았을 때, 집 안에서 인기척을 느꼈다.

노부오가 부엌에서 물을 마시고 있었다.

"들어올 때는 현관으로 다녀."

목소리가 떨리고 있었다.

"아무도 없어요?"

구김 없는 환한 노부오의 목소리에 마음을 놓았는데 역시 듣고 있었다.

"여보, 노부짱 부의금, 5만 엔이래요."

아내의 목소리가 아득하게 들려왔다.

제단 앞에서 밤을 새우며, 시오자와는 괜히 노부오의 심기를 건드렸다.

회사 사람들은 모두 돌아갔고 가까운 친척들만 남아 있었다. 그런데 일정상 이틀째 밤을 새게 되자 피곤한지 대부분 잠이 들었고, 깨어 있는 사람은 시오자와와 노부오, 그리고 졸면서도 버티는 아내뿐이었다.

술기운을 빌려 시오자와의 말은 점점 정도가 심해졌다.

"부의금 5만 엔은 네 주제에 너무 과한 거 같은데. 무슨 속죄의 뜻이냐?"

지난번 본가 장례식 때 부의금이 없어진 일을 돌려 말한 것인데, 노부오는 머리를 긁적이며 말했다.

"폐가 많았잖아요. 능력 될 때 해야죠."

그리고 시오자와의 잔에 술을 따를 뿐이었다.

"난 토요일에 목돈을 조금만 빌리는 사람을 싫어하지. 중간에 일요일이 끼면 약간 눈속임 할 수 있다고 생각하는 거잖아. 빌린다면 월요일에 확 빌려야지."

"남에게 명함을 내보일 수 있게 되면 와라."

그날 밤, 목소리를 변조하여 중상모략하는 소리를 들었는지 확인하기 위해서는 노부오를 화나게 만드는 '방법' 밖에 없었다.

트럼프 게임 중에 '다우트doubt' 란 것이 있다.

카드 숫자를 순서대로 내는 게임인데, 상대가 카드를 거짓으로 냈다고 의심되면 '다우트'라고 외친다.

거짓이 맞았다면 '다우트'라고 외친 사람이 유리해지지만, 틀렸을 경우에는 위험이 커진다.

"지금 그런 말 할 처지예요? 형님은 어떻게 했는데요."

분명하게 말해주는 편이 속 시원해지는 법이다.

그날 밤 일을 한마디라도 한다면, 시오자와의 권위는 산산조각 난다. 아내는 시오자와를 경멸하겠지만, '혹시나' 하면서 지내는 것보다는 한결 마음이 편안해진다.

그런데 노부오는 교묘하게 이리저리 피하더니, 취해서 잠들어버렸다.

시오자와에게 트럼프의 다우트 게임을 가르쳐준 사람은 세상을 떠난 아버지였다.

시오자와는 아이인데도 '다우트'를 잘 꿰뚫어봤다. 그리고 아버지는 융통성 없는 성격 그대로 곧잘 걸려들었다. 시오자와가 숫자를 제대로 내는데도 '다우트'를 외쳤고 계속 졌다.

초등학교 2학년인가, 3학년 여름방학 때, 시오자와는 어두컴컴한 다치카와立川역에서 한 시간 정도 아버지를 기다린 적이 있다.

그날 아버지는 무슨 바람이 불었는지 오쿠타마奥多摩의 낚시

터에 데리고 가췄다. 그리고 돌아오는 길에 개찰구에서 제지를
당했다.

"너는 여기서 기다리렴."

시오자와는 혼자 벤치에 앉아 있었다.

모기에 물려서 다리가 가려웠다.

기다리다 지쳤을 때, 역장실에서 아버지가 나왔다. 갑자기 나
이 든 얼굴이었다.

아버지는 아무 말도 하지 않고 앞장서서 개찰구를 나가더니
말없이 장어덮밥을 사줬다. 시오자와는 아버지가 무임승차를
했다가 걸린 사실을 알아차렸다. 어머니랑 동생들에게 말하면
안 된다는 것도 알았다.

하지만 아버지는 시오자와가 고자질을 했을 것이라고 의심했
다. 아버지는 예전처럼 마음을 열고 시오자와를 귀여워해주지
않는 것 같았다.

노부오는 제단에 기대어 자고 있다.

이 녀석은 정말로 그 목소리를 듣지 못한 걸까.

아니면 듣고서도 듣지 못한 척하는 걸까.

무책임하고 눈가림으로 세상살이를 하는 이 녀석에게 딱 한
가지, 내가 상대할 수 없는 순수함이 있는 걸까.

'다우트.'

아무리 외쳐도 카드를 뒤집어서 보여주지 않으면 알 수가 없다.

어린 시오자와 앞에서 깡마른 등을 보이며 개찰구를 걸어 나가는 그날 밤의 아버지 모습이 되살아났다.

인격자라고 불리던 아버지에게도 그날 밤의 오점이 있었다. 그리고 나도 역시…….

눈 감기 직전에 토해내던 창자 썩는 듯한 냄새는 그대로 나의 냄새다. 어쩌면 살아 있는 상태 그대로의 악취를 그 녀석이 맡고 있을지도 모른다.

역겨움과 그리움이 한꺼번에 밀려들었고, 시오자와는 거의 꺼져가는 향을 태우며 새 선향에 불을 붙였다.

무코다 씨의 재주

이 작품집에 「붙박이창」이라는 작품이 있다. 슬레이트석 문과 모르타르 벽에서 흰 가루가 피어나고 문패도 낡은 게타처럼 보이기 시작한 집을 향해, 회사에서 중역의 위치에 있는 초로의 주인공이 돌아간다. 주인공 집의 2층에 위치한 '붙박이창'에서는 근처 고등학교 운동장이 바라다보인다. 결혼한 딸이 잠시 놀러 왔다가 창가에서 바깥을 내다보고 있다. 이야기가 전개되어 주인공이 아내, 딸과 함께 식사를 한다. 식사가 끝날 무렵, 아내가 갑자기 복통을 호소한다. 아내는 주인공도 모르는 사이에 친해진 근처 병원의 의사를 불러서 웃옷을 벌리고 진찰을 받는다. 딸과 둘이서 옆방에 앉아 귀를 기울이는 주인공은 한 번도 들어보지 못한 아내의 애교 섞인 목소리에 적잖이 놀란다. 잠시 놀러왔다고 생각한 딸도 어쩌면 남자 밝힘증이 있는 자신의 어머니 피를 이어받아서 뭔가 일을 저지른 것은 아닌가 하는 상상도 한다. 하지만 반대로 사위가 바람을 피웠기 때문이라는 사실을 알게 된다. 시간상으로는 저녁식사 시간 전후로 주인공을 둘러싼 심리를 좇고 있는데, 전혀 지루하지 않다.

벼룩 부부라고 불린 주인공의 부모님을 회상하는 장면도 있다. 허약체질에다 체구가 작은 아버지와 달리, 체격이 크고 화려했던 어머니가 아버지의 회사 사환을 좋아하게 돼서 말썽이 생기고, 어머니가 고향인 아시카가足利에 여섯 살인 주인공을 데리고 간다. 아버지가 어머니에게 손찌검을 한 후, 깊은 밤에 다시 무릎 꿇고 사과하던 광경이 회상된다. 짧은 시간 동안 주인공 마음에 숨겨져 있던 내면이 하나의 풍경으로 묘사되어 떠오르기 때문에 아버지도 어머니도 생생하게 살아 있다. 어머니가 '붙박이창'에서 늘 학교 운동장을 바라보자, 아버지가 가리개를 치려고 지붕에 올라갔다가 떨어져서 허리를 다치고, 회사를 오랫동안 쉰 일도 회상한다. 딸이 격세유전隔世遺傳으로 어머니의 피를 이어받지 않았을까 하는 주인공의 망상妄想도 '붙박이창'

이라는 도구를 이용해서 교묘하게 엮어가고 있다. 그야말로 절묘한 재주다.

불과 세 시간 정도의 평범한 저녁 시간대에 사람의 삶과 죽음을 그려 넣는 힘이 있어서 '그렇구나, 우리는 정말 그런 시간을 살아가고 있구나' 하는 사실을 이 소설을 통해서 알게 된다. 저자는 일상의 소소한 것들에 가장 많은 흥미를 갖고 있다. 태양이라는 커다란 물체가 빛을 발산하면 그 빛은 냄비, 주전자, 찻잔, 문패, 신발, 창, 문 등 우리가 일상생활에서 보는 물체에 부딪혀서 도구道具 안으로 숨어든다. 그리고 빛을 다시 역발산한다. 바로 이 빛이 도구의 색인데, 무코다 씨는 이 색들을 프리즘처럼 일곱 색깔의 무지개로 만들어서 보여준다. 무지개는 사라지지만 인생의 순간에 발산한 빛과 그림자로 엮어보면, 마음속 깊이 남을 수밖에 없다. 근사한 인생의 그림책이기 때문이다.

부뚜막을 청소하는 빗자루는 언제나 부엌 구석의 기둥에 매달려 있었는데, 문을 여닫을 때마다 할 일 없이 흔들거렸다.

아버지는 겁쟁이였다.

부모님의 결혼사진을 본 남자 주인공이 '옷자락이 벌어진 주름투성이 하카마(일본 옷의 겉에 입는 낙낙하고 주름 잡힌 하의—옮긴이)를 입고 힘없이 서 있는 아버지는 하얀 옷에 머리장식을 한 신부에게 기대고 있는 것 같다'고 하는 문장 뒤에 이어지는 부분이다. 평상시에는 부엌 구석에 걸려 있으면서 부엌문이 열리는 작은 일에도 흔들리는 빗자루라고 한 비유는 참으로 그럴싸하다. 허약한 아버지의 나약한 생활이 짧은 비유로 인하여 선명한 빗자루의 빛깔로 나타나서 독자들의 이해를 돕는다.

밤중에 물을 마시러 부엌에 가면 이튿날 된장국에 사용할 모시조개가 바가지 안에서 울고 있었다. 어떤 조개는 입을 조금 벌리고 있고, 또 어떤 조개는 어느 부분인지는 모르지만, 하얀 관 끝을 내밀고 있었다. 갈색 이불 밖으로

삐져나온 어머니의 발과 비슷했다. 소리에 놀랐는지, 픽
하고 물을 내뿜는 것도 있었다. 모래를 뱉게 하는데 녹물
이 좋은지, 녹슨 부엌칼이 물속에 담겨 있기도 했다.

여기서는 물속의 부엌칼도 이불 밖으로 삐져나온 어머니의 발
도 섬뜩해서 삶에 대한 순간의 신비로움보다는 인간의 어두운
면을 엿보게 한다. 주인공의 단순한 추억에서 빠져나와 지금 살
아 있는 '현재의 어둠'으로 이어지고, 조용한 부엌을 떠다니는
공기의 색조를 무겁게 바꾼다. 무코다 씨의 재주가 드러나는 부
분이다. 실제 이러한 단편소설을 쓰는 작가는 계속 감소하는 추
세다. 그녀가 〈나오키 상直木賞〉으로 주목받게 되었지만, 많은
독자를 얻은 것은 지극히 당연한 일로 소설을 좋아하는 독자들
이 모두 기다리던 작품이었다.

　〈나오키 상〉과 관련해서는 필자도 심사에 관여했기 때문에 기
억한다. 당시 무코다 씨는 아직 이러한 단편을 서너 편 정도 밖
에 발표하지 않았었는데, 「수달」「개집」「꽃 이름」의 세 작품이

후보에 올랐다. 후보작품 세 편 모두 무코다 씨의 재주가 흠잡을데 없는 완성품으로 빛을 발하고 있었다. 연작단편이므로 완결이 될 때까지 수상여부를 보류하자는 위원들도 있었지만, 야마구치 히토미山口瞳 씨, 아가와 히로유키阿川弘之 씨 두 분과 필자, 이렇게 세 사람이 강력하게 주장했던 날을 잊을 수 없다. 불과 스무 장 전후의 단편 세 작품이었지만, 아무도 흉내 낼 수 없는 고통의 세계를 그려내고 있는 무코다 씨의 작품 세계가 싱싱한 꽃으로 보였기 때문이다. 결국 인정을 받아서 수상을 했지만, 무코다 씨는 일 년도 채 되지 않아 비행기 사고로 세상을 떠났다. 그로 인해 다시 한 번 인생무상人生無常을 실감하면서, 무코다 씨의 문학은 독자들에게 더 많은 감동을 주게 되었다.

일상 속에 삶과 죽음을 끼워 넣고 '무코다의 창'이라고 불러보자. 그 붙박이창으로부터 인간세계를 직시하여 선명하게 그려내는 재능. 도시생활자의 향수라고 하면 통념通念이 되어버리겠지만, 작자만이 끝까지 지켜본 인간의 어두운 면이라고도 할수 있는 삶의 애처로움과 그리움에 필자는 감탄했다.

「꽃 이름」은 결혼 초에는 꽃 이름이라고는 두세 개밖에 몰랐던 남편에게 꽃을 사와서 이름을 가르쳐주었던 아내는 초로에 접어든 남편에게 '쓰와코'라는 여자가 있다는 사실을 알게 되고 남편 몰래 쓰와코를 만나는 이야기다.

쓰네코의 눈길은 약간 흐트러진 여자의 옷매무새에 가서 멈췄다. 말투며 스푼을 움직이는 손놀림이며 모두 느긋했다. 아주 약간 나사가 풀린 것 같지만 연기일지도 모른다. 그렇다면 정말 무서운 것은 이런 **부류**의 여자가 아닐까.

옷매무새를 흐트러지게 입은 여자가 연기를 하는 것은 아닌가 하는 시선은 참 날카롭다.

「개집」의 임신한 여주인공은 전차에서 맞은편 자리에 역시 임신한 여자가 앉아 있는 것을 발견하는데, 그 옆자리에 카메라를 앞에 늘어뜨리고 잠이 든 남자가 오래전 학창시절에 자신의 집에 드나들던 생선가게 점원이라는 사실을 알아차린다. 여주인 공은 잠시 자리에 앉았다가 금방 내리게 되는 짧은 시간 동안에 점원이 개집을 만들었던 날들에 얽힌 추억을 회상한다. 여주인 공은 처녀 적에 점원에 대한 자신의 묘한 마음과 점원의 이상한 행동을 조용히 떠올린다. 그리고 지금 카메라를 쥔 채 크게 입을 벌리고 잠들어 있는 남자와 옆에 임신한 아내와의 사이에 다섯 살 정도의 남자아이가 있는 모습을 바라보면서 동물원에라도 갔다 오는 길인지 부부가 한껏 멋을 내고 있다고 생각한다. 아무 것도 아닌 광경 같지만, 여기에도 답답한 인생의 단면이 잘려져 있어서 한 폭의 그림 같다. 그리고 엷게 채색된 것 같으면서도 결코 그렇지 않다.

「수달」은 수록작품 중에서도 가장 우수하다고 할 수 있다. 마음씨 좋고 성격 좋고 명랑하고 귀여워 보이던 아내는 외판원이 오면 남편의 직업을 외판원과 같은 업종으로 바꿔서 돌려보내는 악의 없는 **거짓말**을 꾸며낸다. 그러한 일상생활의 뒷면에서 오랫동안 배태되어 보이기 시작한 또 다른 여자를 깨닫게 되는 남편의 심리가 주제다. 남편은 손발이 저리기 시작하는 초로의 길목에 와 있다. 뇌졸중을 두려워하는 나이다. "머릿속에서 벌레 우는 소리가 들린다"고 표현한 것을 보며 감탄했는데, 명랑한 아내가 옆집 부인과 잠시 큰 소리로 남편의 혈압 이야기를 하는 동안에 벽을 붙잡고 부엌으로 가서 칼을 쥐는 부분에서 단편은 끝이 난다.

"이제 칼을 쥘 수 있네요. 이제 조금만 더 하면 되겠어요."
구김 없는 환한 목소리였다. 좌우로 떨어진 수박씨처럼 까맣고 작은 눈이 바쁘게 움직이고 있었다.
"멜론 좀 먹으려고."
다쿠지는 칼을 개수대에 내려놓고는 부자연스러운 걸음걸이로 마루로 나갔다. 목 뒤에서 벌레가 시끄럽게 울고 있다.
"멜론이요, 은행에서 온 거랑 마키노 부동산에서 온 게 있는데, 어느 것 드실래요?"

아무 대답도 할 수 없었다.

사진기의 셔터를 내린 것처럼 갑자기 마당이 어둠 속으로 빠져들었다.

무코다 씨의 재주가 어느 부분에 있는지 알 수 있는 좋은 자료다. 필자는 수차례 무코다 씨의 재주라고 표현했는데 '기술'이라고 해도 무방하다. 기술은 손을 사용해야 한다. 머리로 생각을 해내도 잘 표현하지 못하면 그림이 될 수 없다. 무코다 씨의 기법을 붓으로 비유하면 단단하고 가늘다. 하지만 먹은 듬뿍 머금고 있다. 그녀만이 지닌 독특한 재주라고 할 수 있다.

무코다 씨의 소설이 〈나오키 상〉을 수상했기 때문에 그녀의 소설은 순수문학이 아니라는 사람도 있다. 그렇다면 오락소설이냐고 필자는 반문했다. 그 사람은 대답하지 못했다. 독자들이 『수달』을 읽고 무코다 씨의 문학을 어떻게 생각하든 그건 그들의 자유다. 어느 문학배열에 포함시키든 자유인 것이다. 하지만 감동을 받았는데 숨겨서는 안 된다. 어떠한 영역에서도 벗어나는 세계를 무코다 씨는 그리고 있기 때문에 당연히 어느 장르에 포함시킬지 망설이게 된다. '인생을 절단한 그림'에 독자적인 재능을 펼치던 고독한 화가를 어느 특정한 파에 한정하는 것은 아무런 의미가 없다.

많은 문학애호가들이 무코다 씨의 예기치 않은 객사로 슬퍼한 지 얼마 지나지 않았다. 필자는 이번에 무코다 씨의 작품을 다시 읽어보고 그가 아직 도쿄 어디에서 살아 있는 것 같다는 착각이 들었다. 소설이 생생하게 살아 있었기 때문이다. 젊은 독자들 중에서 단편을 쓰고 싶다는 분이 있다면 이 『수달』의 한두 편을 그대로 베껴볼 것을 권한다. 아주 적당한 분량이다. 필자가 이야기하는 바를 잘 이해할 수 있으리라 믿는다. 다시 말해서 무코다 씨는 그러한 작품을 남기고 세상을 떠났다.

미즈카미 쓰토무 水上勉 *

* 소설가. 1961년 『기러기의 절雁の寺』로 〈나오키 상〉을, 1974년 『잇큐一休』로 〈다니자키 준이치로 상〉을, 1984년 『료칸良寬』으로 〈마이니치 예술상〉을 수상했다.

하루하루 이어지는 평범한 일상 속에서 귀에 익은 노랫소리가
들린다거나 영화나 드라마의 한 장면을 본다거나, 또는 길을 가
다가 불현듯 잊고 있던 지난 기억이 떠오를 때가 있다.

이 책에 수록된 13편의 단편들은 누구나 조금씩 가지고 있는
나약함, 교활함, 양심의 가책 등을 현실 속에서 과거와 연결시켜
그리고 있다.

활달하며 수달 같은 잔인함을 지닌 아내(「수달」), 불륜 상대였
던 부하직원의 결혼식에 아내와 함께 참석하는 남자(「우삼겹」),
우연한 사고로 아이의 손가락을 잘라버린 엄마(「무달」), 인생의
오점을 합리화하는 회사 중역(「다우트」) 등 다양한 이야기를 정
교한 솜씨로 풀어내고 있다.

주인공들은 20대 후반에서 50대의 남녀로 기혼자가 있는가

하면 미혼자도 있고, 실직자가 있는가 하면 사회적으로 어느 정도 성공을 거둔 사람도 있고, 전업주부가 있는가 하면 이혼한 사람도 있는 등 다양한 인물들이 등장을 한다. 이들은 나름대로 걱정거리가 있지만 주어진 환경에 적응하여 열심히 살아가는 사람들이다. 어딘지 모르게 우리 이웃집에 살 것 같은 평범한 사람들이면서 바로 우리 자신들의 모습이기도 하다. 살아가다가 의도했든, 하지 않았든 간에 어느 순간 자신의 감춰졌던 모습이 드러날 때가 있다. 저자 무코다 구니코는 그러한 순간을 놓치지 않고 도려내서 하나의 드라마로 엮어내고 있다.

그는 원래 영화잡지의 편집자였다. 편집 일을 하면서 시나리오 공부를 하다가, 시나리오 작가로 전직했다. 1964년에 TV 드라마 〈일곱 명의 손자〉를 쓰면서 본격적인 인기를 얻게 되는데, 그가 쓴 시나리오는 1,000여 편이 넘을 정도로 어마어마하다. 절묘한 대사와 정교한 구성을 지닌 그의 드라마는 '무코다 드라마'라고 불리며 현대 홈드라마의 기초를 닦았다. 그러한 그의 업적을 기려서 1982년에는 우수한 드라마 각본에 수여하는 〈무코다 구니코 상〉이 제정되었다고 하니, 그가 일본 드라마에 미친 영향이 어느 정도인지는 가히 상상할 수 없을 정도다.

TV 드라마로 방영 당시, 평균 시청률이 30퍼센트가 넘은 〈데라우치 간타로 일가〉(1975년 산케이サンケイ 출판사에서 간행)는 그의 처녀 장편소설이기도 하다. 당시 거의 모든 아버지가 그러했듯이 가부장적이고 호통도 잘 치던 자신의 아버지를 모델로 삼은 작품이다. 말주변이 없고 쉽게 화를 내지만 정에 여린 우리 시대의 아버지, '데라우치 간타로'와 그의 가족들을 중심으로 코믹하게 전개하면서도 서민들의 눈물과 인정을 그려 넣었다. 핵가족화되고 각박해진 현대사회에서 여운을 남기는 수작이다.

또, 그는 1976년부터 《긴자햐쿠텐銀座百点》에 에세이 「아버지의 사과 편지」(1978년 분게이 슌수文藝春秋에서 단행본으로 간행)를 연재하면서 수필가로도 데뷔했다. 첫 에세이인 「아버지의 사과편지」는 엄격하지만 결코 미워할 수 없는 아버지를 중심으로 유머러스하게 가족을 그려낸 에세이의 최고 걸작이며, 쇼와시대(1926~1989년) 생활인들의 모습을 잘 그려냈다고 해서 높은 평가를 얻고 있다.

1980년, 무코다 구니코는 이 책에 수록된 「수달」「개집」「꽃이름」의 세 편으로 대중문학 작가에게 수여하는 제83회 〈나오키상〉을 받았다.

이 작품에서 보여지듯이 그의 작품은 날카로운 인간 관찰 묘사가 특징으로 소설가로서도 인정을 받고 있다. 또한 본래 시나리오 작가라서 그런지, 이야기 하나 하나가 영상화되어 한 편의 드라마로 그려져 쉽게 읽을 수 있다는 장점을 지니고 있다.

무코다 구니코가 불의의 비행기 사고로 세상을 뜬 지 올해로 26년이 되었다. 하지만 아직도 그의 작품은 드라마로 여러 차례 반복되어 만들어지고 있고, 중학교 국어교과서에서도 그의 작품들을 읽을 수 있다. 뿐만 아니라, 그의 업적과 재능에 대한 경의를 담은 오마주hommage적인 소설들도 발표되고 있다.

작년에는 무코다 구니코의 사후 25년을 맞아서, 《소설 신초小說新潮》8월호에서 그에 대한 특집기사를 대대적으로 다루었다. 주 독자층이 50대 이상이었던 이 잡지는 3~40대 여성들의 구매가 눈에 띄게 증가하였고, 9년 만에 매진되는 사태가 발생했다고 한다.

《소설 신초》의 편집장인 우에다 야스히로上田恭弘는 "독신으로 살다간 무코다 씨는 아버지의 권위가 높고 여성에게 제약이 많았던 쇼와시대를 어떻게 살았을까? 자유로워진 현대 여성들이 그의 인간적인 면에 흥미를 가지고 있다"며 이례적인 반응에 놀라움을 표시했다고 하니, 여전히 식지 않은 그에 대한 관심과 인기를 실감할 수 있다.

그의 작품들을 읽으면, 사람들의 모습을 예리하게 관찰하여 표현했지만 따뜻한 인간미가 느껴진다. 이 점이 그가 아직도 많은 사랑을 받는 이유가 아닌가 싶다. 그의 작품이 오래도록 사람들 마음속에 기억되며 영원하기를 바란다.

2007년 6월
김윤수